Sub sole

••• EDICIÓN DIGITAL •••

BALDOMERO LILLO. Subsole
Copyright © 2016
Inscripción N° 261.715

Derecho de edición reservados para todos los países por
© Edición Digital S.A.
Francisco Bilbao 827, Providencia
Santiago de Chile
www.ediciondigital.cl

ISBN edición digital: 978-956-9197-63-5
ISBN edición impresa: 978-956-9197-87-1

EQUIPO EDITORIAL
Rodrigo Fuentes D. | Paula Díaz R. | Fernando Salinas R. | Gabriela Corral D. | Carolina Triviño M. | Lucía Zamorano F.

DISEÑO Y PRODUCCIÓN
Edición Digital

Este proyecto fue financiado por el Fondo Nacional de Fomento del Libro y la Lectura convocatoria 2015

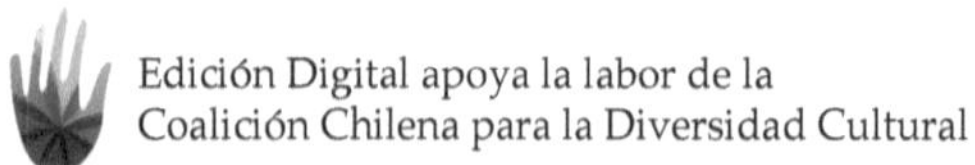
Edición Digital apoya la labor de la
Coalición Chilena para la Diversidad Cultural

SUB
Sole
BALDOMERO LILLO

Baldomero Lillo, cuentista chileno, vivió entre el 6 de enero de 1867 y el 10 de septiembre de 1923. Es considerado el padre y maestro del realismo social en nuestro país.

Nació y vivió en Lota casi toda su infancia, en un ambiente de trabajo, injusticias y minería, lo que le proporcionó las escenas y temáticas de sus obras. Siendo adulto se trasladó a Santiago para abrirse camino en el ambiente literario. Luego de seis años, en 1903, logra reconocimiento al ganar el primer lugar en un concurso convocado por la *Revista Católica* con su cuento "Juan Fariña". Fue así como lo publica y luego consigue trabajo en *El Mercurio*, además de colaborar en la revista *Zig-Zag*.

Su narrativa es un grito de protesta, tiene un gran contenido social, en ella plasmó la dramática vida de los mineros, campesinos y trabajadores del mar. Entre sus obras destacan *Subterra* (1904) y *Subsole* (1907), las que ya forman parte del imaginario literario nacional. Sin embargo, existen varias publicaciones póstumas de sus cuentos, los que no están reunidos en ninguno de estos dos libros.

Nota preliminar

Presentamos al lector esta obra que ha sido editada con el propósito de traerla de vuelta desde el pasado y acercarla al lector actual, en especial, a las nuevas generaciones, con el fin primordial de fomentar la lectura en el individuo común y corriente que tal vez no es lector habitual. Y al que sí lo es, también le ofrecemos el tesoro de una obra de la literatura chilena clásica que poco se lee en la actualidad.

Es preciso aclarar que el trabajo realizado no se trata de un rescate histórico sino de un rescate literario. Sabemos que el vocabulario de antaño constituye un aporte valioso, pero también estamos conscientes de que el lenguaje está vivo y cambia con el paso de los años.

Editar la obra en ningún caso ha significado degradar el lenguaje, quitarle valor al texto o pasar a llevar al autor. Todo lo que se ha hecho es reemplazar algunas palabras por otras de uso más cotidiano o actual, cambiar levemente ciertas estructuras gramaticales en cuanto a su orden, presentar los tiempos verbales sin un exceso de pronombres pospuestos al verbo (p. ej. "parecióme"), actualizar ciertos aspectos tanto de acentuación como de ortografía literal y modificar detalles de la puntuación. Las aclaraciones de las notas al pie se han realizado para no cambiar palabras que realmente no tienen sinónimos exactos o que se ha considerado necesario conservar y explicar. Se ha tomado como fuente de referencia, en la mayoría de estas, el diccionario de la RAE, sin embargo, en otros casos hemos tenido que acudir a diversas fuentes de información.

Todo lo que se ha hecho ha sido con el máximo cuidado, con muchísimo respeto y un profundo amor por la literatura.

CONTENIDO

EL RAPTO DEL SOL

HUBO una vez un rey tan poderoso que se adueñó de toda la Tierra. Fue el señor del mundo. A un gesto suyo millones de hombres se alzaban dispuestos a derribar las montañas, a torcer el curso de los ríos o a exterminar una nación. Desde lo alto de su trono de marfil y oro, la humanidad le pareció tan mezquina que se hizo adorar como un Dios y decretó su capricho como única y suprema ley. En su inconmensurable soberbia creía que todo en el universo le estaba subordinado, y el implacable yugo con que dominó a los pueblos y naciones superó a todas las tiranías de las que se guardaba recuerdo en las crónicas de la historia. Una noche en que descansaba en su dormitorio tuvo un enigmático sueño. Soñó que se encontraba al borde de un estanque profundísimo en cuyas aguas, de una claridad insuperable, vio un extraordinario pez que parecía de oro. Alrededor de él y bañados por el mágico fulgor que irradiaban sus escamas doradas, circulaba una infinidad de seres: peces rojos que parecían teñidos de púrpura, crustáceos de todas formas y colores, rarísimas algas e imperceptibles átomos vivientes. De pronto, oyó una gran voz que decía: ¡Apodérate del radiante pez y todo en torno tuyo se extinguirá!

El rey se despertó sobresaltado e hizo llamar a los astrólogos y adivinos para que le explicasen el extraño sueño. Muchos expresaron su opinión, pero ninguna satisfacía al monarca hasta que, llegado el turno del más joven de ellos, este se adelantó y dijo:

—¡Oh, divino y poderoso príncipe! La solución de tu sueño es esta: El pez de oro es el Sol que desparrama sus dones indistintamente entre todos los seres. Los peces rojos son los reyes y los poderosos de la Tierra. Los otros son la multitud de los hombres, los esclavos y los súbditos. La voz que hirió tus oídos es la voz de la soberbia. Evita seguir sus consejos, porque su influencia te será fatal.

Calló el mago y de las pupilas del rey brotó un resplandor sombrío. Aquello que acababa de oír, hizo nacer en su espíritu una idea que, vaga al principio, fue redondeándose y tomando cuerpo como la bola de nieve de la montaña. Con un gesto terrible se echó sobre los hombros el manto de púrpura[1] y, llevando pintada en el rostro la demencia de la ira, subió a una de las torres de su maravilloso castillo. Era una tibia mañana de primavera. El cielo azul, el llano verde con sus bosques y sus quebradas, los valles cubiertos de flores y los arroyos serpenteando en los claros y espesuras, hacían de aquel paisaje un conjunto de una belleza incomparable. Sin embargo, el monarca no vio nada: ningún matiz, ninguna línea, ningún detalle atrajo la atención de sus ojos de milano[2] clavados como dos llamas ardientes en el glorioso disco del Sol. De pronto, un águila surgió del valle y flotó en los aires, bañándose en la luz. El rey miró al ave y, en seguida, su mirada descendió al campo, donde un grupo de esclavos recibían el beso del astro luminoso, inmóviles como ídolos. Apartó los ojos y por todas partes vio esparcirse en torrentes inagotables aquel resplandor. En el espacio, en la tierra y en las aguas una infinidad de seres vivientes saludaban a la esplendorosa antorcha en su marcha por el azul.

Durante un momento, el rey permaneció inmóvil contemplando al astro y vislumbrando, por primera vez, ante tal magnificencia, la mezquindad de su gloria y lo efímero de su poder. Pero aquella sensación fue ahogada bien pronto por una ola de infinito orgullo. ¡Él, el rey de los reyes, el conquistador de cien naciones puesto en comparación y en el mismo nivel que el pájaro, el vasallo y el gusano!

Una sonrisa sarcástica se dibujó en su boca de esfinge, sus ejércitos y flotas cubriendo la tierra, sus incontables tesoros, las ciudades magníficas desafiando las nubes con sus muros fortificados y soberbias torres, sus palacios y fortalezas donde –desde sus cimientos hasta la flecha de sus cúpulas– no hay otros materiales que oro, marfil y piedras preciosas, acuden en caravana a su memoria con un brillo tal de poderío y grandeza que cierra los ojos deslumbrado. La visión de lo que lo rodea se empequeñece, el Sol le parece una vil antorcha, digna apenas de ocupar un sitio en un rincón de su magnífica habitación. El delirio del orgullo lo posee. El vértigo se apodera de él, su pecho se hincha, sus sienes laten y de sus ojos brotan rayos tan intensos como los del astro, hacia el que alarga la mano derecha, queriendo aprisionarlo y detenerlo en su carrera triunfal. Por un momento permanece así, transfigurado, en un arrebato de infinita soberbia, oyendo resonar aquella voz que le habló en sueños:

—Apodérate de esa antorcha y todo lo que existe se extinguirá.

¿Qué son ante tal hazaña sus hechos y los de sus antecesores en la horrorosa noche de los tiempos? Menos que el olvido y que la nada. Y, sin apartar

---

1   Tela, comúnmente de lana, teñida con una tinta muy costosa que los antiguos obtenían de un molusco de ese mismo nombre.

2   Azor. Ave rapaz diurna.

su mirada del disco centelleante, invocó a Raa, el genio dominador de los espacios y de los astros.

El genio, obediente al conjuro, acudió envuelto en una tempestuosa nube cargada de rayos y de relámpagos, y dijo al rey con una voz semejante al redoble del trueno:

—¿Qué quieres, tú, a quién he enaltecido y puesto sobre todos los tronos de la Tierra?

Y el monarca contestó:

—Quiero ser dueño del Sol y que él sea mi esclavo. Calló Raa y el rey dijo:

—¿Pido, tal vez, algo que está fuera del alcance de tu poder?

—No, pero para complacerte necesito el corazón del hombre más egoísta, el del más fanático, el del más ignorante e indigno y el que guarde en sus fibras más odio y más amargura.

—Hoy mismo los tendrás —dijo el rey, y el denso nubarrón que cubría el castillo se desvaneció como nubecilla de verano.

Después de un breve diálogo con el capitán de su guardia, el rey se dirigió a la sala del trono, donde ya lo aguardaban de rodillas y con las frentes inclinadas todos los poderosos y grandes de su imperio. El monarca estaba situado bajo la tela del dosel[3], y un mensajero proclamó que, a riesgo de perder la vida, los allí presentes debían designar al rey al hombre más ignorante, al más fanático, al más egoísta y vil y al que guardara más odio en su corazón.

Los favoritos, los mandatarios y los más nobles señores se miraron los unos a los otros con recelosa desconfianza. ¡Qué magnífica oportunidad para deshacerse de un rival! Pero, a pesar de que el mensajero repitió tres veces su requerimiento, todos guardaron un temeroso silencio.

El enano del rey, una horrible y monstruosa criatura, echado como un perro a los pies de su amo, al ver la consternación pintada en los rostros, lanzó una estridente carcajada, lo que le costó un puntapié del monarca que lo echó a rodar por los peldaños del trono hasta el sitio donde estaba el príncipe heredero, quien lo rechazó, a su vez, del mismo modo, entre las risas de los cortesanos.

Por un instante se oyeron los rabiosos aullidos de aquel infernal aborto hasta que, de pronto, enderezando su deteriorada personilla, gritó con un acento que hizo correr un escalofrío de miedo entre los presentes:

---

3   Especie de techumbre decorativa que cubre un altar, trono, cama, etc.

—Si aseguras la permanencia de mi cabeza sobre los hombros, yo, ¡divino príncipe!, te señalaré a esos que tus ojos reales desean conocer.

El rey hizo un signo de asentimiento y el repugnante engendro continuó:

—Nada más fácil que complacerte, ¡oh, rey! ¿Deseas saber cuál de tus vasallos posee el corazón más innoble? Pues no solo te presentaré a uno sino a toda una tropa. Y mostrando con la mano derecha a los favoritos que lo escuchaban espantados, prosiguió: ¡Observa ahí a esos que tu omnipotencia sacó de la nada! En sus corazones de barro anidan todas las bajezas. La ingratitud y la envidia están tras la máscara hipócrita de sus ruines halagos. En el fondo te odian. Son como las víboras; se arrastran, pero saltan y muerden al menor descuido.

En seguida, volviéndose hacia el Sumo Sacerdote y, señalándolo junto con los magos y los adivinos, dijo:

—¡Observa ahí al más fanático y a los más ignorantes de tus súbditos. Sus creencias son absurdas, falsa su ciencia y su sabiduría es tontería!

Hizo una pequeña pausa y con voz envenenada de odio prosiguió:

—El corazón más egoísta se agita dentro de tu pecho, ¡oh, rey! No conozco otro que le iguale en dureza y en crueldad, salvo el del príncipe, tu primogénito. ¡El cuarzo es ante sus fibras una blanda y despreciable cera!

Calló un instante y luego con voz ronca expresó:

—Solo me falta mostrarte dónde se halla el último. Ese es el mío, y golpeándose el pecho con fuerza exclamó: ¡Aquí está, oh, príncipe! Fu fabricado con odio y hiel. Si pudiera desbordarse, los ahogaría a todos con la amargura y veneno de sus rencores. Se anidan en él más iras que las que desataron, desatan y fulminarán los cielos y los abismos del mar. Una sola gota del veneno que encierra, bastaría para exterminar todo lo que se mueve y agita bajo el Sol.

La voz aguda del enano vibraba aún en el vasto recinto, cuando el rey hizo una señal imperceptible. Al instante, se abrieron los amplios telones y dieron paso a una tropa de guerreros que se precipitaron sobre los aterrados favoritos, mandatarios y poderosos y les pasaron un cuchillo en un abrir y cerrar de ojos. Inmediatamente, después de decapitados, les abrieron el pecho y les arrancaron el corazón palpitante.

El joven príncipe, al ver aquella carnicería, de un salto se puso junto a su padre, pero el monarca, alzando el pesado cetro de oro, lo dejó caer sobre la cabeza desnuda y juvenil con la velocidad del relámpago. Apenas se desplomó el cuerpo sobre los peldaños, un esclavo le sacó el corazón.

El enano, al ver que un soldado avanzaba hacia él con el sable en alto, gritó:

—¡Oh, rey, has prometido…! Y una voz, en la que vibraba un acento de ferocidad implacable, resonó en lo alto del soberbio trono:

—¡Arránquenle, vivo, el corazón!

✳ ✳ ✳

Pasaron dos días; el rey se encuentra en su habitación más serio y siniestro que nunca, cuando de improviso ve en forma de una serpiente de fuego la temerosa aparición de Raa. El genio desenvuelve sus anillos de llamas y dice:

—Aquí tienes lo acordado. Esta malla, tejida con las fibras de los corazones cuya esencia era el egoísmo y el odio, el fanatismo y la ignorancia, es impenetrable a la luz. Los rayos del Sol se romperán contra ella, sin que logren atravesarla jamás. Aunque su volumen es tan pequeño que puede ocultarse en el hueco de la mano, sus pliegues, extendidos, cubrirían toda la Tierra. Oye y graba en tu memoria lo que debes hacer: Subirás a la montaña que se alza sobre el abismo y esperarás que el Sol, al salir de su morada nocturna, roce la cima más alta para lanzarle la red mágica, cuyos pliegues lo envolverán, aprisionándolo como dentro de una coraza de diamante. Desde ese momento, será tu esclavo y podrás hacer de él lo que quieras.

Salió ocultamente de su palacio por una puertecilla que daba al campo, sin más compañía que un bastón de pastor y la malla maravillosa. Tres días con sus noches el rey caminó hacia el Oriente. La senda por donde caminaba subía bordeando quebradas y barrancos insondables. La ladera de la negra montaña era cada vez más empinada y más áspera. Pero ni el cansancio ni el frío, ni la sed ni el hambre le molestaban en lo más mínimo. El orgullo y la soberbia avivaban su fuego interno y devoraban toda sensación de malestar físico. Ni una sola vez dio vuelta la cabeza para contemplar el camino recorrido.

Tres veces vio pasar el Sol por encima de su cabeza. Cruzó sin detenerse, irreverente, con la sublime majestad de un Dios. Lo flechó con sus rayos y, fundiendo las nieves desató con más ímpetu los torrentes para que le salieran al paso. Aquel reto del astro acrecentó su furia y amenazando con la mano derecha al flameante viajero exclamó:

—¡Oh, tú, brasa errante, fuego presuntuoso, que un soplo de Raa enciende y apaga cada día, muy pronto te arrancaré las insolentes alas! ¡Permanecerás encadenado eternamente como un esclavo tras los muros de oro de mis fortalezas!

Y confortado con esta idea venció los últimos obstáculos y se encontró por fin en la cima más alta de la inaccesible montaña, más arriba de las nubes y de los nidos de las águilas.

En la cúpula sombría centellean calladamente los astros. La noche llega a su término y un vago resplandor brota del abismo profundo. Poco a poco palidecen las estrellas y un tenue matiz rosa se esparce en el oscuro azul del cielo. De pronto, un haz de rayos deslumbradores ciega los ojos del monarca. De la negrura sin límites, abierta bajo sus pies, una esfera de oro fundido surge veloz hacia el espacio. A través de sus cerrados párpados entrevé la fulgurante aureola y lanza por encima de ella la malla maravillosa. Como una antorcha que se hunde en el agua, repentinamente se apagó el resplandor. Las estrellas se encendieron de nuevo y las sombras fugitivas y dispersas volvieron sobre sus pasos y ocultaron otra vez la Tierra.

✳✳✳

Después de atravesar las salas sumidas en las tinieblas, el rey se detuvo en la torre más alta de su palacio. El castillo estaba desierto y debía haber sido teatro de alguna tremenda lucha, porque estaba totalmente sembrado de cadáveres. Los había en todas partes: en los jardines, en las habitaciones, en las escaleras y en los sótanos. La desaparición del rey había incitado la guerra civil y un gran número de pretendientes se habían peleado por la abandonada corona. Sin embargo, la aterradora ausencia del Sol había interrumpido bruscamente la matanza.

Dentro de la alta torre, el tiempo trascurre insensiblemente para el monarca. Un delicioso cansancio lo invade. En el interior de la fantástica habitación, suspendido como una maravillosa lámpara, está el celeste prisionero. Por una rendija imperceptible de su cárcel brota un intensísimo rayo de luz. Afuera una oscuridad profunda envuelve los valles, las llanuras, las colinas y las montañas. El cielo está negro como la tinta y en él lucen como lágrimas los astros como si fuera una enlutada sepultura. Apoyado en la ventana, ha presenciado mudo e impasible la lenta agonía de todos los seres. Poco a poco han ido extinguiéndose las voces y el fuego, hasta que ni el más leve destello rasgó ya la oscuridad de la noche eterna.

De pronto, el rey se estremece. Ha sentido un malestar extraño, como si le hubiesen atravesado el corazón con una aguja de hielo. Y desde ese instante su plácida tranquilidad desaparece y la molesta sensación va aumentando por grados hasta hacérsele intolerable. Siente dentro del pecho un frío intensísimo que congela su carne y su sangre y, lleno de angustia, evoca de nuevo a Raa, el genio dominador de los espacios y de los astros, quien contesta a sus súplicas con ironía desalentadora.

—¿De qué te quejas? Al suprimir la vida no le has dejado al sentimiento que te posee —y que es el único móvil de tus acciones— otro refugio que tu corazón. Para expulsarlo sería necesario que vibrara en las fibras muertas un átomo de piedad o amor.

Apenas el genio lo dejó, la desesperación se apoderó del monarca. Sin embargo, súbitamente, rasgó sus vestiduras y expuso el pecho desnudo al resplandeciente rayo de luz. Pero ni el más ligero alivio vino a confirmar su esperanza. Entonces clavó sus uñas en las carnes y se abrió el pecho, dejando al descubierto su frío corazón ante cuyo contacto el haz luminoso se debilita y decrece con asombrosa rapidez. Se diría que es un chorro de oro líquido cayendo en un barril sin fondo, y que desfallece y se adelgaza hasta convertirse en un hilo, en una hebra finísima. De pronto, como una antorcha, como un fuego presuntuoso que se extingue, la última chispa brilla, parpadea, desvaneciéndose en la oscuridad.

A pesar de que el Sol ha cambiado de cárcel y lo lleva ahora en su corazón, le parece que toda la nieve de las montañas se hubiese trasladado allí. Entonces, sube a la ventana y se precipita al vacío, en el cual desciende blandamente como si alas invisibles lo sostuviesen, hasta que toca con sus pies la tierra. La tierra está helada como un glaciar y, envuelto en tinieblas impenetrables, camina a la deriva con los brazos extendidos, huyendo como fantasma temeroso de la agonía del universo.

✳✳✳

Cuando las ciudades no fueron sino escombros humeantes y las selvas montones de ceniza, cuando todo combustible se agotó, los hombres dejaron de pelearse un sitio en torno de las hogueras moribundas y se resignaron a morir. Entonces, a la escasa luz de las estrellas, en la negra oscuridad que los rodeaba, se buscaron los unos a los otros, avanzando a tientas con los brazos extendidos, huyendo del silencio y de la soledad del planeta muerto. Y cuando sus manos se tropezaban en las tinieblas, se agarraban para no soltarse más. Aquel contacto producía en sus organismos inertes una reacción inesperada. El débil calor que cada uno conservaba, parecía multiplicar su potencia: se deshelaba la sangre, el corazón volvía a latir. Y esa cadena viviente aumentada sin cesar por eslabones innumerables, se extendía a través de los campos, por sobre las montañas, los ríos y los mares helados. Pero cuando esos cordones se soldaron, faltó un eslabón para que una cadena sin fin enlazara todas las vidas, fundiéndolas en una sola y única, invulnerable a la muerte.

✳✳✳

De pronto, el monarca, sintió que el piso le faltaba bajo los pies. Agitó los brazos buscando un punto de apoyo y dos manos estrecharon las suyas sosteniéndolo amorosamente. Aquellas manos eran duras y ásperas, tal vez pertenecían a un vasallo o a un esclavo, y su primer impulso fue rechazarlas con horror; pero estaban tan rígidas, tan heladas, había tanta ternura en su sencillo gesto, que un sentimiento desconocido hizo que devolviera aquella presión. Entonces, sintió que penetraba en él un fluido misterioso, ante el cual el hielo de sus entrañas empezó a fundirse como la escarcha con el beso del Sol, desbordándose súbitamente de su corazón, como si se volcara el recipiente de un mar, el torrente incandescente cuyo curso marca en el infinito los amaneceres y atardeceres. Y por la cadena inmensa, a través de las manos entrelazadas, pasó un estremecimiento, una cálida vibración que abrazó a todos los pechos inundando las almas en un océano de luz. Se desvanecieron las sombras en los espíritus, y el más allá, el enigma indescifrable, salió del caos de su noche negra. Y cada uno comprendió que el incendio que ardía en sus corazones irradiaba sus lenguas resplandecientes hacia lo alto, donde se condensaban en un núcleo que fue creciendo y agigantándose hasta estallar allá arriba, encima de sus cabezas, en un torbellino deslumbrador. Y aquel foco ardiente era el Sol, pero un Sol nuevo, sin manchas, de incomparable magnificencia que, labrado y encendido por la comunión de las almas, saludaba con la dorada solemnidad de sus resplandores a una nueva humanidad.

EL AHOGADO

SEBASTIÁN dejó el montón de redes sobre el cual estaba sentado y se acercó a la barca. Una vez junto a esta, extrajo un remo y lo colocó bajo la proa para facilitar el deslizamiento. En seguida, se encaminó a la popa, apoyó en ella sus espaldas y empujó con fuerza. Sus pies desnudos se enterraron en la arena húmeda y el botecillo, obedeciendo al impulso, resbaló sobre aquella especie de riel con la liviandad de una pluma. Tres veces repitió la operación. A la tercera, recogió el remo y saltó a bordo de la barca que había sido puesta a flote por una ola, y empezó a navegar con lentitud, fijando delante de sí una mirada vaga, inexpresiva, como si soñara despierto. Sin embargo, aquella inconsciencia era solo aparente. En su cerebro las ideas centelleaban como relámpagos. La visión del pasado surgía en su espíritu luminosa, clara y precisa. Ningún detalle quedaba en la sombra y algunos le presentaban un rostro nuevo, hasta entonces no sospechado. Poco a poco la luz llenaba su espíritu y reconocía con amargura que su ingenuidad y buena fe eran las únicas culpables de su desdicha.

El bote, que se deslizaba lentamente, impulsado por el rítmico vaivén del remo, doblaba en ese instante el pequeño peñasco que separaba la minúscula caleta de la Ensenada de los Pescadores. Era una hermosa y fría mañana de julio. El Sol muy inclinado al Norte, ascendía en un cielo azul, de un brillo y suavidad de raso. Como exhalación de boca fresca de mujer, su resplandor, de una tibieza sutil, acariciaba diagonalmente, empañando con un vapor de tenue neblina el terso cristal de las aguas. En la playa de la bahía, los botes pesqueros descansaban en su lecho de arena luciendo la graciosa línea curva de sus proas. Más allá, al abrigo de los vientos reinantes, estaba el poblado. Sebastián clavó los ojos con avidez sobre una pequeña colina, donde se alzaba una rústica casita cuya techumbre de zinc y muros de ladrillos rojos delataban cierto bienestar en sus dueños. En la puerta de la habitación apareció una blanca y esbelta figura de mujer. El pescador la contempló un instante, fruncido el ceño, hosca la mirada y, de pronto, con un brusco movimiento del remo cambió el rumbo y navegó en línea recta hacia el Sur. Durante algún tiempo remó con enérgico esfuerzo; la barca parecía volar sobre la reluciente sábana líquida, y muy luego la colina, el poblado y la bahía quedaron lejos, a mucha distancia. Entonces, soltó el remo y se sentó en uno de los bancos. Su actitud era meditativa. En su rostro tostado, que la rizada y oscura barba encuadraba en un marco de ébano[4], brillaban los ojos de un color verde pálido con expresión inquieta y obsesionante. Toda su vestimenta consistía en una vieja gorra marinera, un pantalón de pana[5] y una camiseta rayada, que modelaba su bello torso lleno de vigor y juventud.

El bote, entregado a la corriente, derivaba a lo largo de la costa llena de arrecifes donde el suave oleaje se quebraba blandamente. Sebastián, recogido en sí mismo, fijaba una mirada de intensa melancolía en aquellos lugares, para él tan familiares. Y de pronto la vieja historia de sus amores surgió en su espíritu, clara y palpitante, como si solo hubiese sido ayer. Empezó cuando Magdalena era una niña débil, de aspecto enfermizo. Él, por el contrario, ya había crecido, y su cuerpo sano y musculoso tenía la fortaleza y flexibilidad de un mástil. El contacto diario de las tareas cotidianas, había ido trasformando aquel afecto fraternal en un amor apasionado y ardiente. Como eran ambos hijos de pobres pescadores, su mutuo cariño no encontró en la diferencia de fortunas obstáculos ni entorpecimientos. Por lo que fue, sin oposición, novio oficial de Magdalena, quien era toda una mujer. Ni sombra quedaba en ella de la jovencita escuálida, a quien tenía que proteger a cada paso de las bromas de sus compañeros. La trasformación había sido completa. Alta, de formas armoniosas, con su bello rostro y grandes ojos oscuros, era la joya de la caleta. Fue entonces cuando aquella herencia inesperada, recaída en la madre de su novia, vino a modificar en parte el estado de las cosas. Cuando le dieron la noticia experimentó una corazonada de mal augurio. Los hechos vinieron a confirmar bien pronto aquel presagio. El vestuario de Magdalena se trasformó completamente. Los rústicos suecos fueron reemplazados por botines de charol y los trajes de percal[6] cedieron el paso a las costosas telas de lana. Este cambio se debía, en gran parte, a la vanidad materna, que quería a toda costa hacer de la tosca pescadorcilla una señorita de pueblo. De aquí partieron los primeros tropiezos para el proyectado matrimonio. A juicio de la futura suegra, este no debía efectuarse hasta que Sebastián no fuera propietario de una lancha que reemplazara su miserable bote, el cual, según ella, era un viejo cascarón y no valía tres cuartillos[7].

---

4   Madera del árbol del mismo nombre.

5   Tela gruesa semejante al terciopelo, que puede ser lisa o con hendiduras generalmente verticales.

6   Tela de algodón de poca calidad.

7   Antigua moneda española que equivalía a la cuarta parte de un real.

El joven no pudo menos que someterse a esta exigencia; y con el entusiasmo del amor y la juventud creyó que muy pronto se encontraría en estado de cumplirla.

El bote, arrastrado por la corriente, mostraba la proa a la costa y Sebastián vio de improviso en la azul lejanía destacarse los mástiles de los buques anclados en el puerto. Aquel panorama cortó el hilo de sus recuerdos, y la historia se reanudó en seguida en la época en que apareció el otro. Un día irrumpió en compañía de unos cuantos aventureros en la Ensenada de los Pescadores. Decía que era marinero licenciado de un buque de guerra y se mostraba muy orgulloso de sus andanzas y sus viajes. Con su fiero aspecto de matón, se impuso por temor entre aquellas pacíficas y sencillas personas. Muy luego empezó a coquetear con Magdalena, pero la joven, que rechazaba el desagradable aspecto del valentón, contestó a sus galanterías con el más soberano desprecio.

Un suspiro se escapó del pecho del pescador. Entrecerró los ojos y un episodio grabado profundamente en su memoria se presentó en su imaginación. Un domingo por la mañana, de vuelta de la misa, mientras caminaban las muchachas adelante y los jóvenes atrás por el angosto sendero de la capilla, oyó, de repente, la voz irritada de la joven que lo llamaba: ¡Sebastián, Sebastián!

De un salto se acercó a ella y vio al odioso rival que, sujetando por un brazo a la muchacha indignada, trataba de tomarla por la cintura entre las risas de las demás.

La escena del forcejeo se le aparecía envuelta en una espesa bruma. Todo había sido cosa de un momento. Entre la admiración de todos hizo morder el polvo al descarado galán y, si no se lo arrancan de entre las manos, probablemente, todas sus osadías habrían terminado en ese momento.

Por algún tiempo no se supo nada de él, hasta que llegó la noticia de que, jurando vengarse de su humillación, se había embarcado en un ballenero que partía para una larga expedición a los mares del Sur. Sebastián alzó la cabeza. De la orilla se elevaba una ligera niebla que iba adhiriéndose en los extremos de la empinada costa. Ahora venía una época de relativa calma. Entregado con dedicación al trabajo, intentaba reunir el dinero necesario para adquirir una embarcación de más valor que el diminuto bote. Sin embargo, esto iba para largo y empezaba a comprender que solo con el trabajo de sus manos, tal vez no lo conseguiría nunca. Entonces, la sorda hostilidad de la madre de Magdalena, aquella vieja avara y vanidosa a la vez, se hizo cada día más evidente y firme. Él no era un pretendiente digno para su hija. Con su inexperiencia de muchacho y seguro del afecto de Magdalena, se burlaba de aquella oposición. Ahora comprendía cuán torpe había sido al despreciar a tan temible adversario. Pero ya era tarde para remediar el mal. Solo le quedaba la venganza. Al llegar a este punto, un relámpago pareció animar las apagadas pupilas del pescador. En su rostro se dibujó una expresión de amenaza y de ira intensa y honda. Sin embargo, esta excitación fue pasajera y volvió a abismarse en sus reflexiones. La escena de la taberna lo sumió en una profunda meditación. Aunque esa tarde había bebido en exceso, recordaba todos los detalles. En medio de su embriaguez, el padre de la joven había soltado la verdad, brutalmente. Hacía un mes que había llegado la carta. Estaba fechada a bordo del ballenero y había sido traída por una embarcación que había completado, antes que el buque, su cargamento. Estaba dirigida a la madre de Magdalena y, en ella, su rival decía que la expedición a la cual pertenecía, había obtenido ganancias fabulosas de las que le correspondían, en su calidad de oficial marino, una parte no menor. Relataba algunos acontecimientos del viaje y concluía solicitando a Magdalena en matrimonio, ya que sus intenciones eran establecerse en la Ensenada e invertir su capital en grandes empresas de pesca, a las cuales asociaría a su futuro suegro.

El viejo terminó su confidencia diciendo que Magdalena, que había empezado por rechazar abiertamente todo compromiso con el marinero, había ido cediendo poco a poco a los ruegos maternales y, en ese entonces, aunque no mostraba gran entusiasmo por el nuevo y beneficioso pretendiente que se le proporcionaba, su antipatía se había debilitado en gran parte. Todo aquello, dicho por la difusa voz del viejo que excusaba su debilidad con la voluntad indomable de su mujer, a la cual había estado siempre subordinado, le produjo el efecto de un mazazo en el cerebro. Pero luego estalló en él una ira terrible. De un empujón derribó al viejo, que quería retenerlo, y se abalanzó a comprobar de la propia boca de Magdalena la veracidad de aquella noticia. Pero la excitación producida por la rabia y lo bebido convirtió aquella explicación en pelea, que terminó en un quiebre definitivo.

A las duras palabras que le dirigió, la joven contestó con otras ásperas e hirientes que lo volvieron loco y furioso. Aquella actitud suya había sido una nueva torpeza, pues tenía la convicción íntima de que Magdalena lo amaba, siendo la dañina influencia de su madre la que la apartaba de sus brazos. ¡Si él tuviera algo de dinero! Y el deseo furioso de ser rico, de poseer riquezas penetró como un dardo en su cerebro sobreexcitado. ¡Ah, si pudiera evocar a los espíritus infernales, no titubearía ni un instante en vender su sangre, su alma, a cambio de ese puñado de oro, cuya falta era la única causa de su infelicidad! Pensó en los tesoros que guardaba, avaro, el mar en su interior. En las leyendas fantásticas de cofres llenos de corales y de perlas, flotando a merced de las olas y que el genio de las aguas ponía al alcance de un humilde pescador.

El insomnio, los efectos de la orgía de la noche anterior, el derrumbe de sus esperanzas y los atroces celos que le oprimían el alma, marcaban huellas profundas en su semblante. Sentía una sed intensa. Se levantó del banco y buscó debajo de la proa, extrayendo una botella de un escondite hábilmente disimulado. Quitó la tapa y bebió con ansias. Poco a poco su rostro pálido se coloreó. Un principio de embriaguez se pintó en sus verdosas pupilas. Tomó el remo e impulsó el bote para salir de la corriente y acercarse más a la costa. De improviso, al doblar una cadena de arrecifes, distinguió por la proa, flotando sobre el agua, un objeto redondeado que llamó poderosamente su atención. Con un golpe de remo, enderezó el rumbo y avanzó en línea recta en busca de aquello que despertaba su curiosidad. A medida que se aproximaba, su extrañeza se convertía en asombro. Luego, toda duda se le hizo imposible: lo que sobresalía del agua a pocos metros de él era la cabeza de un hombre. Se acercó un poco más, y un espectáculo extraño se presentó ante su vista. Un joven, casi un niño, semidesnudo yacía sumergido hasta el cuello entre las frías y salobres ondas. Su posición casi vertical se debía a un salvavidas sujeto debajo de los brazos, en el que se destacaba con letras azules este nombre: Fany.

"Es un desertor" —pensó Sebastián, recordando el navío que al anochecer del día anterior, había anclado cerca de la costa. Buscó con la vista el barco y lo distinguió navegando con sus velas desplegadas afuera del golfo. Como el viento noreste que lo obligó a detenerse allí cambió horas después, había elevado anclas y emprendido de nuevo su ruta desconocida.

Sin mucho esfuerzo, el pescador se imaginó al grumete[8] descolgándose del portalón[9] de la nave a altas horas de la noche. Sin embargo, el fugitivo no había contado con la frialdad del agua ni con la engañosa proximidad de la costa.

Sebastián contempló el cuerpo amoratado y rígido que se destacaba a través del agua transparente y, viendo que las azules pupilas del náufrago se clavaban en las suyas suplicantes, le dirigió algunas palabras en esa jerga tan común a la gente de mar. Pero de aquella boca, cuyos labios recogidos mostraban los dientes blancos, no brotó ningún sonido. La vida del grumete parecía haberse refugiado completamente en sus inquietos y móviles ojos, cuya imploración muda hizo olvidar, por un instante, a Sebastián sus propios pesares.

Se inclinó para liberarlo del paquete de ropas que tenía atado a la espalda, pero como no pudo desatar los nudos, buscó la navaja del marinero, guiándose por el cordón que asomaba entre los pliegues del traje de sarga[10] azul. Tiró de aquel cordón y, mientras una extremidad quedaba fija en las

---

8   Muchacho que aprende el oficio de marinero ayudando a la tripulación en sus faenas.

9   Abertura a manera de puerta, hecha en el costado del buque y que sirve para la entrada y salida de personas y cosas.

10   Tela cuyo tejido forma unas líneas diagonales.

ropas, en la otra apareció la navaja unida a otro objeto pesado y brillante. Era un portamonedas de malla metálica que Sebastián, casi sin darse cuenta de lo que hacía, abrió oprimiendo el resorte. Su contenido, una buena cantidad de monedas de oro, lo maravilló. Mentalmente, trató de calcular el valor de aquellos discos dorados y, de pronto, se puso a temblar. Una idea siniestra acababa de herir su cerebro, dejándolo deslumbrado. Mientras su cabeza ardía, un frío glacial comenzó a descender a lo largo de sus extremidades. Una sed ardiente le abrasó la boca. Tomó la botella y, llevándola a sus labios, bebió el líquido que encerraba hasta la última gota. Casi instantáneamente cesó el nervioso temblor y su mirada adquirió una fijeza extraña de alucinado. Ya no pensaba en el náufrago. El mar, los arrecifes, la bella nave, todo aquel panorama se había desvanecido, borrándose de su vista como una niebla lejana. Se veía triunfante junto a Magdalena que le sonreía sonrojada a través de su blanco velo de novia. Era el día de boda. La magnífica embarcación que los conducía de regreso del puerto era de su propiedad y volaba sobre las aguas, impulsada por sus ocho remos como una veloz gaviota.

De repente, su rostro transfigurado por una felicidad suprema se ensombreció. Conservando en la mano derecha la navaja y el portamonedas, su mirada se clavó en el náufrago, dura y resplandeciente como la hoja de un puñal. Mientras jugaba con el muelle[11] del arma, aquel rostro juvenil vuelto hacia él con expresión de angustioso terror, le pareció el genio del mal que surgía de su gruta, en las profundidades, para arrebatarle la felicidad. Un simple tajo en la superficie del salvavidas y aquel obstáculo desaparecía para siempre. Durante un minuto vaciló. Todo lo que había en él de generoso y noble luchó por sobreponerse en la terrible batalla que se libraba en su corazón. Un golpe sordo en el agua lo hizo estremecer. Un gran pájaro marino se levantaba de un círculo de espuma hirviente, llevando en su pico de hierro un reluciente pez plateado. Siguió al ave en su vuelo y, de pronto, su cuerpo vibró de pies a cabeza, como si hubiese recibido el choque de una corriente eléctrica. Entre las blancas velas del barco, hundiéndose en el horizonte, vio al ballenero que volvía: sus ojos adquirieron otra vez aquella fijeza inmóvil. Contemplaba de nuevo a Magdalena vestida con su traje de novia, pero ya no era él quien estaba a su lado, junto al lecho matrimonial, sino el otro. La miraba sonreír, mientras aquel rostro bestial, alterado por el deseo, se aproximaba al de ella, fresco y sonrojado como una rosa. Vio, en seguida, cómo una mano, más bien una garra, en cuyo dorso había grabada un ancla, se posaba en su blanco seno de nácar...

---

11   El muelle es la chapa que pasa por el lomo de la navaja y que tiene una ranura donde se fija la hoja, justo en la parte donde esta conecta con el mango. Según cuántas muescas (ranuras) tenga, se dice que tiene tantos muelles. Solo sirven para hacer un sonido que indica al oponente que se ha abierto la navaja.

Un rugido sordo se escapó por entre sus dientes apretados y se inclinó veloz sobre la baranda. El salvavidas se desinfló instantáneamente; la cabeza rubia se hundió en el agua y Sebastián vio durante un segundo los ojos azules del náufrago crecer, aumentar, casi salirse de las órbitas, sin que pudiera apartar sus ojos de la terrorífica visión. El cuerpo se inclinaba de espaldas hasta tomar la posición horizontal, y de pronto le pareció que el descenso se interrumpía, sintiendo, al mismo tiempo, en la mano derecha un leve tirón. Estiró las articulaciones, y la navaja con el portamonedas, atraídos por el delgado cordoncillo, saltaron por encima de la baranda y desaparecieron en el mar.

Con la vista extraviada y el rostro desencajado, el pescador dio un brinco, que casi hace naufragar la embarcación, luego se precipitó sobre el remo y comenzó a avanzar desesperadamente.

✳ ✳ ✳

Seis días han trascurrido. Sebastián, sentado en el banco de popa de su barca, se deja arrastrar por la corriente en dirección al Sur. Los ojos del pescador tienen un brillo y expresión extraños. Su rostro pálido, desorientado e inquieto, sufre continuas transformaciones. Sus ropas en desorden están cubiertas de barro. A veces sus extremidades se contraen violentamente, sus ojos parecen salirse de las órbitas y se voltea con rapidez a la derecha o la izquierda buscando la causa de aquel estruendo que acaba de resonar en sus oídos como un disparo. Su existencia, durante la semana que acaba de trascurrir, ha sido un desenfreno constante. Aquella mañana se encontró tirado en el arroyo frente a la cantina. Se levantó y comenzó a andar como un autómata. Una vez en la caleta, le bastó un leve esfuerzo para que flotara el bote, pues la marea ya comenzaba a lamer su filosa base. Sentado en el banco, no recuerda nada, no piensa en nada. En su cerebro hay un enorme vacío y ve desfilar las figuras más extrañas e insólitas por delante de sus ojos. Todo lo que mira se transforma de inmediato en algo extravagante. La silueta de un arrecife es un monstruo deforme que lo acecha a la distancia y la punta del remo se convierte en un diablillo que le hace gestos burlescos. Por todas partes seres extraños, con vestimentas azules o rojas, hacen informales danzas.

De pronto, un halcón marino se precipita desde lo alto y se hunde en el agua, a pocos metros de un arrecife. El ruido de la caída y el blanco plumaje de espuma que levanta el choque, producen en el pescador una agitación inusual. Mira con ojos extraviados y la somnolencia de su espíritu se desvanece. Está en el sitio, muy cerca del peñasco junto al cual se hundió la rubia cabeza del náufrago. Y, estremecido, preso de infinito terror, se acurruca en el fondo del bote. Aunque la vista del mar le causa invencible temor, una fuerza más poderosa que su voluntad lo obliga a alzar poco a poco la cabeza. El temblor de sus extremidades y el castañeteo de sus dientes aumentan a medida que se asoma sobre la baranda. Trata de resistirse pero, vencido, dominado por aquel irresistible poder, se queda inmóvil, con las pupilas inmensamente dilatadas fijas en el agua que acaricia los costados del bote con chasquidos que asemejan amorosos besos.

En un principio solo ve una masa líquida, de un matiz de esmeralda intenso. Sin embargo, a medida que su vista se hunde en ella, las capas de agua se vuelven más y más transparentes. Muy luego divisa el fondo de arena tapizado de conchas marinas y, de pronto, algo confuso, de un tono blanquecino, que se destaca allí abajo, atrae toda su atención. Como a través de un cristal empañado, que va perdiendo gradualmente su opacidad, los contornos de aquel objeto informe se precisan, adquieren relieve y el conjunto se destaca poco a poco con claridad y nitidez.

Repentinamente, una terrible sacudida agita de pies a cabeza a Sebastián... El cuerpo está acostado de espaldas, con las piernas entreabiertas y los brazos en cruz. Su boca, sin labios, muestra dos hileras de dientes afilados y blancos, y de sus cuencas vacías brotan dos llamas que van a clavarse, como tantos otros dardos, en las pupilas verdes del homicida, quien en la exaltación del terror trata inútilmente de sacudir la inercia de su cuerpo y huir de la pavorosa visión. Una fascinación fatal lo posee; quisiera cerrar los ojos, apartarse del borde, pero ni uno solo de sus músculos le obedece.

Y el muerto sube. Abandona suavemente su lecho de conchas y asciende en línea recta a la superficie sin cambiar de postura, extendido de espalda, con las piernas entreabiertas y los brazos en cruz. En su horrible rostro hay una expresión de venganza implacable, de aguda ferocidad. Un jadeo sordo brota de la garganta de Sebastián. Su cuerpo tiembla como el de un epiléptico, pero no puede apartarse del extremo del bote.

El ahogado sube, sube cada vez más rápido. Ya está a diez brazas[12], ya está a cinco, luego a dos, y en el instante en que los brazos del muerto se extienden para atraparlo en un abrazo mortal, el pescador, dando un tremendo salto, va a caer de pie sobre la popa de la embarcación. De ahí salta a un arrecife, donde el bote ha chocado, abandonado a sí mismo, y desde la parte más alta de la roca, mira aterrorizado a su alrededor. Pero apenas su vista se posa en el borde del agua, cuando salta de allí a la parte opuesta para volver al mismo sitio un segundo después. Y, loco de terror, de un arrecife pasa a otro con los cabellos erizados, flotando al viento.

---

12   Medida de longitud, por lo general, usada en la Marina, equivalente aproximadamente a 1,7 m.

Es que él está ahí y lo persigue. El agua hierve en torno de los peñascos con las embestidas del ahogado que azota las olas como un delfín. Está en todas partes, a derecha e izquierda, adelante y atrás. Sebastián oye rechinar sus dientes y ve, a través del agua, el cuerpo hinchado, monstruoso, con sus largos brazos dispuestos a agarrarlo al menor descuido o al más mínimo tropiezo. Y para evitarlo salta, se escapa, se oculta, corre de aquí para allá desesperado, sin encontrar un refugio contra la horrenda y espantosa aparición.

De improviso, se encuentra preso en un arrecife solitario. La marea le ha interrumpido el paso y ya no puede avanzar ni retroceder. A medida que el agua sube y el peñasco se hunde, el ahogado estrecha la distancia y redobla sus embestidas. Varias veces el pescador ha creído sentir en sus piernas desnudas el contacto frío y viscoso de aquellos brazos que, como los tentáculos de un pulpo, se estiran hacia él con una ansiedad implacable. El fugitivo multiplica sus movimientos, su pecho jadea, la fatiga lo abruma. De pronto, mientras agita sus manos en el vacío y lanza un horroroso grito, una ola choca contra sus piernas y lo lanza de cabeza al mar.

✳ ✳ ✳

Mientras el Sol se distancia cada vez más de la cima de los acantilados, el bote se aproxima con lentitud a la playa, sacudida por el espumoso oleaje, sobre el cual los halcones del océano se deslizan silenciosos explorando las profundidades.

Irredención[13]

C UANDO los últimos invitados se despidieron, la princesa, recogiendo la falda de su vestido constelado de estrellas, atravesó los salones desiertos y se encaminó a su habitación, echando, al pasar, una última mirada a aquellos sitios donde había sido la reina de la noche durante algunas horas, por su gracia y hermosura, más que por su simbólico traje.

Se sentía un tanto fatigada pero, al mismo tiempo, alegre y satisfecha. El baile había resultado lujosísimo. Todo lo que la gran ciudad ostentaba de más valor –la nobleza de la sangre, del dinero y del talento– desfiló por sus salones, adornados con una deslumbrante magnificencia.

Pero la nota sensacional, la que provocó frases de admiración y de entusiasmo, era la de las flores, de un pálido matiz de aurora, desparramadas con tanta abundancia por todo el palacio que parecía una nevada color de rosa, caída en los vastos salones, cubriendo las mesas, los muebles, los bronces: derramándose sobre los tapices y haciendo desaparecer bajo sus plumillas rojizas la majestuosa cristalería de la mesa del buffet. Guirnaldas de las mismas flores envolvían las lámparas, trazaban caprichosos dibujos en los muros y adornaban los marcos dorados de los espejos. El efecto producido por aquella avalancha de flores rosadas era sencillamente maravilloso, y los asistentes al baile no se cansaban de elogiar aquella fantástica decoración, cuya idea genial llenaba de orgullo a la hermosa dama que, a solas con las sirvientas que preparaban su atuendo nocturno, se complacía en evocar los detalles de la magnífica fiesta. Sí, aquel pensamiento tan original había sido de ella, únicamente de ella y no podía menos que sonreír al recordar la cara de sorpresa del viejo administrador cuando le dio orden de despojar de sus flores a todos los duraznos en floración que hubiera en sus tierras.

Estaba segura de que el rústico servidor cumpliría el mandato a regañadientes. Pero había obedecido y el éxito superaba a sus esperanzas.

---

13   Lo opuesto a redención, que es liberación o salvación.

Obsesionada por tan deliciosos recuerdos, se metió en la cama. La sirvienta ya abandonaba en puntillas la habitación, cuando la voz de su señora la detuvo. Un deseo repentino, un capricho de niño mimado la había invadido de pronto. Quería dormirse respirando la suave fragancia de aquellas flores que le habían proporcionado sensaciones tan dulces. Obedeciendo las órdenes de su ama, la joven derramó encima de los cobertores puñados de aquellos pétalos rosados y colgó del crucifijo de plata, colocado a la cabecera de la lujosa cama, un trozo de guirnalda arrancado de una de las lámparas del salón.

La habitación quedó en silencio y poco a poco fue haciéndose más hondo el sueño de la bella durmiente.

De pronto, se encontró transportada a uno de sus terrenos. El cielo estaba azul y un sol de primavera tibio y risueño acariciaba los campos. Caminaba en medio de un bosque de duraznos en flor, envuelta en una atmósfera de exhalaciones y aromas embriagadores cuando, repentinamente, un soplo que parecía brotar de sus labios, tenue al principio, impetuoso después, arrebató las flores y las dispersó a los cuatro vientos. Tuvo miedo y quiso huir, pero los árboles, como espectros vengadores, le cerraron el paso y, acosándola con su desnudo ramaje, la estrecharon hasta ahogarla con la pesadumbre de sus brazos inmensos.

Sintió que su alma abandonaba la Tierra y se presentaba delante del Tribunal Divino, presa de una angustia y terror infinitos.

Sentado en su trono, bajo un cortinaje de soles resplandecientes, estaba el Supremo, inexorable juez. A su derecha mostraba sus páginas el libro de la vida; y a su izquierda un arcángel sostenía con la mano derecha la balanza de la justicia.

En el fondo, cuidadas por ángeles con espadas de fuego, estaban las puertas del purgatorio y del paraíso; y a espaldas del arcángel se veía una concavidad negra por la que asomaba la terrorífica figura de Satanás, apoyándose en sus garras y alas membranosas.

Y, como si todo estuviese calculado para aumentar su tormento, el alma de la princesa se vio obligada a asistir al juicio de otra alma que la precedía en aquella situación.

Era la de un asesino y ladrón. Mientras que en el platillo del mal sus crímenes formaban una montaña; en el otro, en el de las buenas acciones, no había nada que contrarrestara el peso abrumador de las culpas. Pero, la Miseria puso en él una lágrima y un hilo de sus harapos, la Expiación una gota de la sangre derramada en el patíbulo[14] y la Ignorancia, despojándose de su venda,

---

14   Lugar en que se ejecuta la pena de muerte.

la colocó también en el platillo vacío, el cual salió esta vez de su inmovilidad inclinándose ligeramente.

Satanás, que se preparaba para tomar al condenado, hizo una horrible mueca. El alma que contaba como suya era enviada al purgatorio. Rechinó los dientes con rabia y la vibración de sus alas, sacudidas por la ira, retumbó en las aterradoras concavidades del averno. Aquel fallo revivió en el alma angustiada de la princesa la esperanza. Entre ella y un asesino y ladrón, mediaba un abismo. Y esta seguridad se acentuó viendo que, llegado su turno, el arcángel ponía en el platillo de las culpas solo unas cuantas flores marchitas y descoloridas.

Su terror e inquietud se transformaron entonces en una alegría sin límites, al comprender que aquellas florecillas, cuyo peso podía neutralizar el más levísimo soplo, representaban todo el mal que había desparramado en la Tierra. ¡Qué severamente se había juzgado! Pero ahora estaba segura de que su alma era de las elegidas e iría directo al paraíso. Y, confortada con la visión de la eterna felicidad, evocó la innumerable cantidad de sus buenas obras. Estas eran tantas, que casi lamentó que su culpa fuese tan pequeña, ya que bastaría la más insignificante de sus nobles acciones para inclinar la balanza a su favor. Y ella quería ostentarlas allí todas, para que el divino juez le asignase el máximo premio del que era merecedora.

Por eso, cuando fueron amontonándose en el platillo del bien sus actos religiosos de piedad, de caridad y de abnegación, sin que la posición de la balanza se modificara, solo experimentó un principio de extrañeza, que se convirtió en asombro, al ver que el arcángel finalizaba su tarea poniendo sobre aquel montón de virtudes, el bulto gigantesco de un hospital y de una lujosa capilla con sus cimientos de piedra, su cruz de hierro fundido y su veleta de latón.

Pero la balanza permaneció inalterable y, de pronto, un espectáculo horroroso llenó de espanto el alma de la princesa. Satanás, que se reía, abandonó repentinamente el rincón en que estaba oculto y, como una araña monstruosa, se colgó del platillo rebelde y, tras él, aferrándose de sus colas y de sus ganchudas patas, se colgaron todos los diablos y condenados del infierno, sin que el peso de aquella cadena, cuyo último eslabón tocaba el fondo del séptimo abismo, lograse marcar la más leve oscilación en la balanza inmutable. En el platillo, las flores habían desaparecido y en su lugar se veía una montaña de duraznos maduros, sobre la cual giraba una infinidad de seres, desde la molécula imperceptible hasta el insecto alado de forma perfecta. Abejas zumbadoras, mariposas de alas nacaradas, aves de plumajes multicolores revoloteaban alrededor de   los frutos en cantidades innumerables, destacándose por encima de todo, un inmenso follaje que, en forma de cono invertido, se perdía en el infinito.

Y, entonces, fue cuando resonó la voz terrible:

—¡Mujer, tu culpa es irrescatable! Todo el peso del infierno no ha podido equilibrarla. Al extirpar el germen, has detenido en su curso la proyección de la vida, cuyo origen es Dios mismo... Anda con Satán por toda la eternidad.

✳✳✳

Un grito estridente, vibrante, estremeció a la servidumbre del palacio. La muchacha, que había acudido primero, encontró a su señora sentada en la cama, presa de violentos espasmos nerviosos. La guirnalda colgada del crucifijo se había roto y las flores estaban esparcidas en la almohada y cabellera de la dama, lo cual hizo exclamar a media voz a la joven:

—¡Ya lo sabía yo! Dormir con flores es como dormir con muertos. Se tienen pesadillas horribles.

En la rueda

En el fondo del patio, en un espacio descubierto bajo un toldo de duraznos y perales en flor, estaba la rueda. Se componía de una cerca circular de tres metros y medio de diámetro, hecha con tablas de barriles viejos. En el suelo, cuidadosamente enarenado, había dos hermosos gallos sujetos por una de sus patas a una argolla incrustada en la barrera y, alrededor de esta, se estrechaba un centenar de individuos, sentados los de la primera fila y de pie los de la segunda... Muchachos de dieciséis años, jóvenes, hombres de edad madura y viejos encorvados y temblorosos observaban con avidez los detalles preliminares de la pelea. Cada una de las condiciones del desafío –el monto de la apuesta, el número de careos[15], la operación del peso– provocaba alegatos interminables que concluían a veces en vociferaciones e insultos.

Por fin, las partes contrarias se pusieron de acuerdo y, mientras el juez ocupaba su sitio, los dos gallos contendores, el Cenizo y el Clavel, sostenidos en el aire por sus dueños, fueron objeto de un último y minucioso examen. Pico y alas, pies y plumas, todo fue cuidadosamente registrado y escudriñado. Las garras requirieron una atención especial. Reforzadas en su base con un anillo de cuero y raspadas delicadamente con la hoja de un cortaplumas quedaron convertidas en agujas sutilísimas.

Terminados los preparativos, el juez de la cancha ocupó su asiento: un banco más elevado que los demás. Tenía adelante un marco de madera con dos alambres horizontales que sostenían, atravesados por el centro, pequeños discos de corcho: eran las fichas para anotar las caídas y los careos.

Contados los discos, el juez golpeó encima de la barrera para llamar la atención y, luego, dirigiéndose a los galleros, les hizo un ademán con la mano derecha.

Soltados a un tiempo los dos campeones, una sacudida conmovió la rueda: las cabezas se inclinaron con un movimiento rápido y todos los ojos se clavaron en los emplumados contendores que, frente a frente, rectos sobre

---

15   Enfrentamientos cara a cara.

sus patas, con la cresta encendida, el plumaje erizado y las pupilas llameantes, avanzaron el uno sobre el otro, deteniéndose a cada paso para lanzar a voz en cuello un vibrante cacareo.

La exaltación bélica de la que parecían poseídos entusiasmó a los concurrentes, y las apuestas se cruzaron con dinamismo de un lado a otro de la cancha. Por algunos momentos solo se oyó:

—¡Doy ocho a cuatro en el Clavel!

—¡Va!

—¡Doblo en el Cenizo!

—¡Va!

—¡Doy a veinte!

—¡Doy a cuarenta!

—¡Va!

Y estas voces, incesantemente repetidas eran acompañadas por el tintineo sonoro de las monedas pasando de una mano a otra, entre frases y vocablos de un tecnicismo especial.

La voz estruendosa del juez, imponiendo silencio, hizo cesar bruscamente el tumulto.

Entretanto los campeones, después de observarse, ya sea de frente, ya sea de costado, se habían acercado lenta y cautelosamente. Doblados sobre los muslos, con las alas entreabiertas, el cuello extendido, casi rozando el suelo, permanecieron un instante en actitud de acecho. Las plumas del cuello, erizadas en forma de abanico, semejaban una rueda tras la cual se escudaba el nervioso y palpitante cuerpo.

De pronto, como dos imanes que se aproximan demasiado, desapareció la distancia: se oyó un ruido breve y seco, y algunas plumas remontando la cerca atravesaron el aire en distintas direcciones. La lucha a muerte estaba entablada.

Durante este primer periodo de la pelea, el espectáculo era verdaderamente hermoso y fascinador.

La luz del Sol –filtrándose a través del florido ramaje que, como un toldo blanco y rosa, cubría la arena del combate– trasformaba en destello de piedras preciosas el metálico reflejo de las plumas tornasoladas[16].

---

16   Con un reflejo cambiante que hace la luz en algunas telas o superficies.

Ni la vista más penetrante podía percibir las estocadas, los quites[17] y contragolpes de aquellos hábiles esgrimidores.

De repente, un viejo gallero, interrumpiendo el profundo silencio, exclamó:

—¡Clavado el Clavel!

Empezaba otra cara de la pelea. El cansancio de los combatientes ya era visible. Jadeantes, las alas caídas, el pico entreabierto, se atacaban con extremada violencia. Todas las miradas iban de la mancha roja –que en el albo plumaje del Clavel crecía y se ensanchaba por instantes– a la garra derecha de su enemigo, tinto en sangre en toda su longitud. Mientras los técnicos clasificaban el golpe y los partidarios del Cenizo daban muestras inequívocas de alegría, una voz entusiasta se oyó del bando contrario:

—¡Clavado el Cenizo!

La garra había penetrado en la cabeza, encima del ojo, y el gallo, aturdido por la violencia del golpe y cegado por la sangre que manaba de la herida, se tambaleaba sobre sus patas, próximo a desplomarse a los pies de su victorioso rival.

El Clavel, soberbio con la ventaja, procuraba a toda costa rematar el triunfo. Mientras el pico de acero desgarraba y arrancaba a pedazos la piel de la cabeza y cuello, sus patas armadas con las terribles garras descargaban una granizada de golpes sobre el indefenso enemigo.

Sus partidarios, locos de entusiasmo, lo animaban con la voz y con el gesto:

—¡Acábalo, Clavelito!

—¡Apágale los faroles!

—¡Otro como ese!

Pero el Cenizo, a pesar de aquel torbellino que caía sobre él, se recobraba rápidamente. Lleno de sangre, acribillado de heridas, hacía frente de nuevo a su fatigadísimo adversario, y muy pronto la fuerza y la energía con que reanudó la batalla, parecieron inclinar decididamente la balanza a su favor.

Este cambio produjo otro en torno a la rueda. Mientras unos rostros se ensombrecían, los demás se iluminaban. El gallo, que ya se consideraba vencido, volvía por su fama, haciendo renacer la esperanza en sus desalentados apostadores, quienes lanzaron un grito de victoria cuando alguien advirtió:

—¡Se le apagó una luz al Clavel!

---

17   Movimientos defensivos con que se detiene o evita los ofensivos.

La última etapa de la pelea se aproximaba.

El blanco plumaje del Clavel había tomado un matiz indefinible, la cabeza estaba hinchada y negra y en el sitio del ojo izquierdo se veía un agujero sangriento. La lucha ya no tenía ese aspecto atrayente y pintoresco de hace poco. Las brillantes armaduras de los luchadores, tan lisas y relucientes al empezar el torneo, ahora estaban rotas y desordenadas, cubiertas de una viscosa capa de lodo y sangre. Sin embargo, el furibundo ardor del que estaban poseídos, no decrecía un instante. Sosteniéndose a duras penas sobre sus patas y trazando surcos en la arena con la extremidad de las alas, se picoteaban con un ensañamiento sin igual. Se estrellaban contra la cerca enrojeciéndola con su sangre y rodaban a cada choque en el polvo sin darse un segundo de tregua. Ciegos de ira buscaban herir los sitios vulnerables: el ojo y la nuca. Y la cabeza, casi despojada de la piel, era una llaga viva, monstruosa, repugnante.

La pelea, indecisa, se eternizaba, cuando repentinamente un grito ronco, extraño, brotó de la garganta del Clavel. Su adversario acababa de clavarle la garra en el cerebro. Dio algunos pasos aturdido y cayó boca abajo. Durante un minuto, preso de violentas convulsiones, azotó el aire con las alas, saltando y rebotando dentro de la rueda como una pelota. Poco a poco los movimientos fueron menos bruscos y, cuando todos esperaban que quedara inmóvil, muerto en la arena, el caído se enderezó, pero sus patas se negaron a sostenerlo y cayó de nuevo para volver a levantarse un segundo después.

Aquella increíble vitalidad que, tal vez, iba a ser causa de que se prolongara indefinidamente la pelea, produjo manifestaciones de desagrado entre los que esperaban que se desocupara la cancha para realizar nuevas peleas, y uno más impaciente que los demás dijo en voz alta:

—¡Pobre Clavel, levántenlo, ya ha hecho lo que ha podido!

El dueño del ave aludida saltó de su asiento como un resorte. Era un muchacho delgado y pálido. Con acento tembloroso por la rabia, mostrando los puños al autor de la sugerencia, dejó escapar un torrente de palabras.

¿Cómo había allí alguien que lo creía capaz de levantar al gallo antes de finalizar la pelea? ¡Seguro que no era del oficio! Porque si lo fuera, debería saber que un gallero de verdad solo levanta a sus gallos cuando están muertos. ¡Los gallinas se asustan con una gota de sangre! Si no querían ver dolor, debían quedarse en sus casas y no venir a avergonzar con sus lamentos a los de la profesión.

Varios intervinieron amistosamente para cortar la discusión, que terminó por completo cuando el juez, en uso de sus atribuciones, viendo que los gallos no se atacaban, pronunció con voz enérgica la palabra reglamentaria:

—¡Careo!

En el centro de la cancha, separados por escasos cincuenta centímetros, había dos trozos de madera colocados de modo que cada uno de ellos tuviese una de sus caras al nivel del suelo.

Según el reglamento, dada la señal por el juez, los gallos debían ser parados encima de estos maderos. Si allí ambos hacían el gesto de acometerse, se anotaba un careo. Llegados a los veinticinco, la pelea era declarada tabla[18]. Pero si alguno de los contendores no devolvía el ataque, se marcaba una caída, siendo necesarias cinco para que se le declarara vencido.

Con los gallos colocados encima de las maderas, la pelea se reanudó muchas veces. El Cenizo, más descansado, llevaba una evidente ventaja sobre su contendor y todos sus esfuerzos tendían a arrancarle el único ojo que le quedaba. El Clavel, incapaz de mantenerse en pie, solo contestaba al furioso ensañamiento de su enemigo con débiles picotazos y, cuando el vencedor se fatigaba, cesando de hostigar a su adversario, acto continuo, se oía resonar la voz breve e imperiosa del juez:

—¡Careo!

Y la escena de las tablas se repetía, siempre la misma, con iguales detalles. De un lado, el agotamiento absoluto, la pasividad, casi la inercia y, del otro, la agresión implacable, sin tregua, ferocísima.

Los partidarios del Cenizo, felices, seguros ya del triunfo, no restringían los aplausos, los consejos ni las ovaciones.

—¡Apúntale bien!

—¡Déjalo a oscuras!

—¡Ciérrale el tragaluz!

—¡Quiébrale la otra lámpara!

Mientras los victoriosos daban rienda suelta a su alegría, los derrotados guardaban un silencio sombrío. Lo que más les mortificaba, no era la pérdida de las apuestas sino las presunciones exclamadas al concertarse la pelea, presunciones que los rivales les recordaban comentándolas con dichos y burlas punzantes.

Y allá, en el fondo de sus almas, lastimadas en su orgullo de profesionales por aquel contraste, sentían un goce secreto, cuando el implacable Cenizo laceraba con una nueva herida el cuerpo desangrado del desgraciado favorito. Si en ese momento alguien hubiese propuesto detener su martirio, de seguro, lo habrían abofeteado.

---

18   Empate.

Los careos se sucedían unos tras otros, sin que aún se hubiese anotado una caída. El Clavel no dejaba una sola vez de contestar en las tablas el ataque de su enemigo con un picotazo; pero a esto se limitaba su agresividad, pues sus patas torpes y vacilantes no lo sostenían y, si lograba a veces enderezarse a medias, se tumbaba en seguida sobre alguno de sus costados. Y allí, en el suelo, en la arena empapada en sangre, sin que pudiese devolverlos, su adversario lo acribillaba a picotazos y golpes hasta que, agotadas las fuerzas, se quedaba, a su vez, inmóvil, jadeante, con el pico sangriento apoyado en el plumaje roto del moribundo.

Entonces, resonaba la voz del juez y los galleros, tomando a los gladiadores, los ponían de nuevo frente a frente en medio de la cancha. La sangre se escurría por entre sus dedos y teñía sus manos hasta las muñecas, como si estrujaran una esponja.

Aquella insólita resistencia empezó a alarmar a los ganadores. ¿Sería empate el resultado de la pelea? Ya duraba tres horas el combate, la tarde caía visiblemente y el marcador señalaba solo quince careos.

—¡Maldito gallo, qué duro de vencer!

Por fin dejó de responder en las tablas. Estaba ciego, casi sin plumas y no conservaba una gota de sangre en las venas. Llegó a los veinticuatro careos, uno más y anulaba el triunfo de su rival. Junto con marcar la quinta caída, el juez se puso de pie y proclamó su fallo con solemnidad:

—¡Perdió el gallo Clavel!

Mientras los ganadores rodeaban rápidamente al vencedor, el dueño del gallo vencido lo tomó de las patas y, todavía vivo, lo lanzó con fuerza lejos de la cancha. Cruzó como un proyectil por entre el florido ramaje y fue a estrellarse contra el tronco de un peral cuyas ramas, sacudidas por el choque, dejaron caer sobre esa carne palpitante una lluvia de blancos y aterciopelados pétalos.

De la rueda, partió un rumor sordo de aletazos seguido de un alegre vocerío… Empezaba una nueva pelea.

Las nieves eternas

Para mi querida sobrina,
Mariita Lillo Quezada.

Sus recuerdos anteriores eran muy vagos. Una blanca plumilla de nieve revoloteó un día por encima de las erguidas cumbres y los helados ventisqueros hasta que, azotada por una ráfaga, se quedó adherida a la arista de una roca, donde un frío horrible la solidificó súbitamente. Allí, aprisionada, pasó muchas e interminables horas. Su forzada inmovilidad la aburría extraordinariamente. El paso de las nubes y el vuelo de las águilas la llenaban de envidia y, cuando el Sol conseguía romper la masa de vapores que envolvía la montaña, ella le imploraba con temblorosa vocecilla:

—¡Oh, padre Sol, arráncame de esta prisión! ¡Devuélveme la libertad!

Y clamó tanto que el Sol, compadecido, la tocó una mañana con uno de sus rayos, al contacto del cual vibraron sus moléculas y, penetrada de un calor dulcísimo, perdió su rigidez e inmovilidad, y rodó por la pendiente como una diminuta esfera de diamante hasta un pequeño arroyuelo, cuyas aguas turbias la envolvieron y arrastraron en su caída vertiginosa por las laderas de la montaña. Rodó así, de cascada en cascada, cayendo siempre, hasta que de pronto el arroyo, hundiéndose en una grieta, se detuvo brusca y repentinamente. Aquella etapa fue larguísima. Sumida en una oscuridad profunda, se deslizaba por el seno de la montaña como a través de un filtro gigantesco...

Por fin, y cuando ya se creía sepultada en las tinieblas para siempre, surgió una mañana en la bóveda de una gruta. Llena de felicidad se deslizó a lo largo de una estalactita y, suspendida en su extremidad, contempló por un instante el sitio en que se encontraba.

Aquella gruta abierta en la roca viva era de una maravillosa hermosura. Una claridad extraña y fantástica la iluminaba, dando tonalidades de pórfido[19]

---

19   Roca formada por una sustancia de un púrpura oscuro y con cristales de cuarzo y otros minerales.

y alabastro[20] a sus muros: junto a la entrada se veía una pequeña fuente rebosante de agua cristalina.

Aunque todo lo que había allí le pareció deliciosamente bello, nada encontró que pudiera compararse con ella misma. De una transparencia absoluta, atravesada por los rayos de luz, reflejaba todos los matices del prisma. Semejaba un brillante de purísimas aguas, o bien, un ópalo, una turquesa, un rubí o un pálido zafiro.

Colmada de orgullo se desprendió de la estalactita y cayó dentro de la fuente.

Un leve roce de alas despertó de pronto los ecos silenciosos de la gruta y la orgullosa gotita vio cómo algunas avecillas de plumaje negro y blanco se posaban con bullicioso alboroto en torno a la fuente: era una bandada de golondrinas. Las más pequeñas avanzaron primero. Alargaban su tornasolado[21] cuellecito y bebían con delicia, mientras las mayores, esperando pacientemente su turno, les decían:

—¡Beban, hártense, que hoy cruzaremos el mar!

Y la peregrina de la montaña veía con asombro que las gotas de agua que la rodeaban se ofrecían, al parecer, felices a los piquitos glotones que las absorbían unas tras otras, con un glu glu musical y rítmico.

—¡Cómo pueden ser así —decía—, morir para que esos feos pajarracos apaguen la sed! ¡Qué tontas son!

Y, para huir de las sedientas, estrechó sus moléculas y se fue al fondo.

Cuando subió a la superficie, la bandada ya había levantado el vuelo y se destacaba como una mancha en el intenso azul.

—Van en busca del mar —pensó. ¿Qué cosa será el mar?

Y el deseo de salir de allí, de vagabundear por el mundo, se apoderó de ella otra vez. Rodeó la fuente buscando una salida, hasta que encontró una pequeña rasgadura en la taza de granito[22], por donde se escapaba un hilo de agua. Alegre, se abandonó a la corriente que, engrosada sin cesar por las filtraciones de la montaña, al llegar al valle, terminaba por convertirse en un lindo arroyuelo de aguas puras y transparentes como el cristal. ¡Qué delicioso era aquel viaje! Los bordes del arroyo desaparecían bajo un espeso tapiz de flores. Violetas y lirios, juncos y azucenas se empinaban sobre sus tallos para

---

20   Variedad de piedra blanca, a veces translúcida, de apariencia marmórea.

21   Con un reflejo cambiante que hace la luz en algunas telas o superficies.

22   Roca compuesta de minerales y cuarzo, de distintos colores, que se utiliza en la construcción.

contemplar la corriente y, agitando coquetamente sus estambres cargados de polen, exclamaban:

—¡Arroyo, la frescura que nos da vida, el matiz de nuestros pétalos y el aroma de nuestros cálices, todo te lo debemos! Detente un instante para recibir la ofrenda de tus favoritas.

Pero el arroyo, sin dejar de correr, murmuraba:

—No puedo detenerme, la pendiente me empuja. Sin embargo, escuchen un consejo. Empapen bien sus raíces, porque el Sol ha dispersado las nubes e inundará hoy los campos con una lluvia de fuego.

Y las plantas, obedientes al consejo, alargaron sus tentáculos por debajo de la tierra y absorbieron con ansia el fresco líquido.

La fugitiva de la fuente, que resbalaba junto al margen tratando de sobresalir de la superficie para ver mejor el paisaje, de pronto, al rozar una piedra, se vio detenida por una raíz que asomaba por una hendidura. Una violeta, cuyos pétalos estaban ya marchitos, se inclinó sobre su tallo y le dijo a la viajera:

—Hace dos días que mis raíces no alcanzan el agua. Mis horas están contadas. Sin un poco de humedad, moriré hoy sin remedio. Tú me darás la vida, piadosa gotita y yo a cambio te trasformaré en el divino néctar que beben las mariposas o te exhalaré al espacio convertida en un perfume exquisito.

Pero la interpelada, apartándose, le contestó despectivamente:

—Guárdate tu néctar y tu perfume. Yo no cederé jamás una sola de mis moléculas. Mi vida vale más que la tuya. ¡Adiós!

Y rodó deslizándose voluptuosamente a lo largo de las floridas orillas, evitando todo contacto impuro, sin ponerse al alcance de las raíces ni de las aves, y evitando pasar por las branquias de los peces que pululaban en los remansos.

De pronto el cielo, el Sol, el paisaje entero desaparecieron de improviso. El arroyo se había hundido otra vez en la tierra y corría entre tinieblas hacia lo desconocido.

La hija del Sol y de la nieve, arrastrada por el torrente subterráneo y temerosa de que el choque contra un obstáculo invisible la desintegrara, aumentó la cohesión de sus átomos de tal modo que, cuando las ondas tumultuosas se aquietaron, ella estaba intacta y tan aturdida, que no hubiera podido precisar si aquella carrera desenfrenada había durado un minuto o un siglo.

Aunque la oscuridad era profunda, supo que se encontraba sumergida en una masa de agua más densa que la del arroyo y en la cual ascendía como una burbuja de aire. Una claridad tenue que venía de lo alto y que aumentaba por instantes iba disipando paulatinamente las sombras. Subía con la rapidez de una flecha. Y antes de que pudiera observar algo de lo que pasaba a su alrededor, se encontró otra vez bajo el cielo iluminado por el Sol.

—¡Qué extraño le pareció aquel paraje! Ni árboles, ni colinas, ni montañas, limitaban la desmedida extensión del horizonte!

Por todas partes, como fundida en un inmenso crisol[23], una lámina esmeralda se extendía hasta el más remoto confín.

Mientras la vagabunda del arroyo, perdida en la inmensidad, se adormecía sobre las ondas, una sombra interceptó el Sol. Era una pequeña ave, cuyas alas casi rozaban la llanura líquida. La gota de agua reconoció un el acto, en ella, a una de las golondrinas que bebieron en la fuente de la montaña. El ave la había visto también y, agitando sus alitas fatigadas, le dijo con voz desfalleciente:

—Sin duda, Dios te ha puesto en mi camino. La sed me acosa y debilita mis fuerzas. Apenas puedo sostenerme en el aire. Rezagada de mis hermanas, mi tumba va a ser el inmenso mar si tú no dejas que, bebiéndote, refresque mi seca y ardiente boca. Si cedes, aún puedo alcanzar la orilla donde me esperan la primavera y la felicidad.

Sin embargo, la gota solitaria, le contestó:

—Si yo desapareciera, ¿para quién brillaría el Sol y lucirían las estrellas? El universo no tendría razón de ser. Tu petición es demasiado absurda y ridícula. Enamorado de mi hermosura, el salobre océano me tomó por esposa; ¡soy la reina del mar!

El ave moribunda insistió y suplicó en vano, revoloteando en torno a la despiadada hasta que por fin, agotadas ya sus fuerzas, se sumergió en las olas. Hizo un supremo esfuerzo y salió del agua, pero sus alas mojadas su negaron a sostenerla y, tras una breve lucha para mantenerse a flote sobre las salobres y traidoras ondas, se hundió en ellas para siempre.

Cuando desapareció, la gotita de agua dulce dijo grave y sentenciosamente:

—No tiene más que su merecido, ¡qué pretensión y petulancia las de esa vagabunda bebedora de aire!

El Sol, ascendiendo al cénit[24], derramaba sobre el mar la ardiente irradiación de su hoguera eterna, y la descuidada gotita, que flotaba en la superfi-

---

23   Recipiente hecho de material refractario, que se emplea para fundir alguna materia a temperatura muy elevada.

24   Punto culminante o más alto.

cie perezosamente, se sintió de improviso abrasada por un calor terrible. Antes de que pudiera evitarlo, se encontró trasformada en una leve fracción de vapor que subía por el aire enrarecido hasta una altura inconmensurable. Allí, una corriente de viento la arrastró por encima del océano a un punto donde, descendiendo, volvió a ver valles, colinas y montañas.

Sumergida en una masa de vapores, que cubría con su blanco velo una dilatada pradera seca por el calor, oyó cómo de la tierra subía un clamor que llenaba el espacio. Eran las voces sollozantes de las plantas que decían:

—¡Oh, nubes, dennos de beber! ¡Nos morimos de sed! Mientras el Sol nos abrasa y nos devora, nuestras raíces no encuentran en la tierra calcinada un átomo de humedad. Moriremos infaliblemente si no desatan una llovizna siquiera. ¡Nubes del cielo, lluevan, lluevan!

Y las nubes, llenas de piedad, se condensaron en gotas pequeñísimas que inundaron con una abundante lluvia los sedientos campos.

Pero la gota de agua evaporada por el Sol, que también flotaba entre la niebla, dijo:

—Es mucho más hermoso vagar por el cielo azul al azar que mezclarse con la tierra y convertirse en barro. Yo no he nacido para eso.

Y, haciéndose lo más tenue que pudo, dejó abajo las nubes y se remontó muy alto hacia el cénit. Pero, cuando estaba más maravillada contemplando el vasto horizonte, un viento impetuoso, venido del mar, la arrastró hasta la nevada cima de una altísima montaña, y antes de que se diera cuenta de lo que pasaba se encontró bruscamente convertida en una leve plumilla de nieve que descendió sobre la cumbre, donde se solidificó instantáneamente.

Una angustia inexplicable la estremeció. Estaba otra vez en el punto de partida, y oyó murmurar a su lado:

—¡Ha vuelto una de las elegidas! No derrochó una sola de sus moléculas ni en polen, ni en rocío, ni en perfume. Es digna, entonces, de ocupar este sitial elevado. Odiamos las groseras transformaciones y, como símbolo de belleza suprema, nuestra misión es permanecer inmutables e inaccesibles en el espacio y en el tiempo.

Pero la angustiada y doliente prisionera, sin atender a la voz de la montaña, sintiéndose penetrada por un frío horrible, se dirigió hacia el Sol que estaba en el horizonte y le dijo:

—¡Oh, padre Sol! ¡Compadécete! ¡Devuélveme la libertad!

Pero el Sol, que ahí no tenía fuerza ni calor alguno, le contestó:

—Nada puede contra las nieves eternas. Aunque para ellas la aurora llega antes y es más tardío el ocaso, mis rayos no las fundirán jamás, tampoco al granito que las sustenta.

VÍSPERA DE DIFUNTOS

Por la callejuela triste y solitaria pasan ráfagas zumbadoras. El polvo se arremolina y penetra en las habitaciones por los cristales rotos y a través de los tableros de las puertas deterioradas.

El crepúsculo envuelve tejados y muros con su parda penumbra y un ruido lejano, profundo, llena el espacio entre una y otra ráfaga: es la voz inconfundible del mar.

En la tiendecilla de pompas fúnebres[25], detrás del mostrador, con el rostro apoyado en las palmas de las manos, la propietaria parece ensimismada en hondas meditaciones. Delante de ella, una mujer de ropas negras, con la cabeza cubierta por el manto, habla con voz que resuena en el silencio con la tristeza armónica de una plegaria o una confesión.

Entre ambas hay algunas coronas y cruces de papel pintado.

La voz monótona murmura:

—... Después de mirarme un largo rato con aquellos ojos claros, ya empañados por la agonía, tomándome de una mano se acomodó en la cama y me dijo con un acento que no olvidaré nunca: "¡Prométeme que no la abandonarás! ¡Júrame por la salvación de tu alma que serás para ella como una madre y que velarás por su inocencia y por su suerte como lo haría yo misma!".

La abracé llorando y le prometí y juré todo lo que quiso.

(Una ráfaga de viento sacude la ancha puerta, las bisagras lanzan un chirrido agudo y la voz quejumbrosa continúa).

—Cumplía apenas los doce años, era rubia, blanca, con ojos azules tan ingenuos, tan dulces, como los de la Virgencita que tengo en el altar. Trabajadora, eficiente, adivinaba mis deseos. Nunca podía reprocharle alguna cosa y, sin embargo, la maltrataba. De las palabras duras, poco a poco, insensiblemente, pasé a los golpes, y un odio feroz contra ella y contra todo lo que provenía de ella se anidó en mi corazón.

---

25   Funeraria, empresa que se encarga de la organización de los funerales y entierros con la solemnidad necesaria.

Su humildad, su llanto, la tímida expresión de sus ojos, tan resignada y suplicante, me exasperaban. Fuera de mí, la tomaba a veces por los cabellos y la arrastraba por el cuarto, azotándola contra las paredes y contra los muebles hasta quedarme sin aliento.

Y luego, cuando en silencio, con los ojos llorosos, la veía ir y venir colocando en su lugar las sillas tiradas por el suelo, sentía el corazón como en un puño. Un no sé qué de angustia y de dolor, de ternura y de arrepentimiento subía de lo más hondo de mi ser y formaba un nudo en mi garganta. Experimentaba entonces unos deseos irresistibles de llorar a gritos, de pedirle perdón de rodillas, de tomarla en mis brazos y comérmela a caricias.

(Unos pasos apresurados cruzan delante de la puerta. La narradora se volteó a medias y su perfil agudo salió un instante de la sombra para eclipsarse en seguida).

—…La enfermedad (aquí la voz se hizo opaca y temblorosa) me postraba a veces por muchos días en la cama. ¡Eran dignos de ver entonces sus cuidados para atenderme! ¡Con qué amorosa disposición me ayudaba a cambiar de postura! Como una madre con su hijo, me rodeaba el cuello con sus delgados bracitos para que pudiese levantarme.

Siempre silenciosa se encargaba de todo, iba de compras, encendía el fuego, preparaba el alimento. De noche, ante un movimiento brusco, un quejido que se me escapara, ella ya estaba junto a mí, preguntándome con su vocecita de ángel: "¿Me llamas, mamá, necesitas algo?".

La rechazaba con suavidad, pero sin hablarle. No quería que el eco de mi voz delatara la emoción que me embargaba. Y ahí, en la oscuridad de esas largas noches sin sueño, me asaltaba firme y persistente el remordimiento. El delito cometido, lo abominable de mi conducta, se me aparecía en toda su horrenda desnudez. Mordía las sábanas para ahogar los sollozos, invocaba a la muerta, le pedía perdón y hacía promesas ardientes de reparación, amenazándome, en caso de no cumplirlas, con las torturas eternas que Dios destina a los condenados.

(La vendedora, sin cambiar de postura, oía sin desplegar los labios, con el rostro inmóvil iluminado por la claridad tenue e indecisa del crepúsculo).

—Sin embargo, la luz del alba —prosigue la enlutada— y la vista de aquella cara pálida, cuyos ojos me miraban con timidez de perro castigado, destruían todos aquellos propósitos. "¡Cómo disimulas, hipócrita!" —pensaba—. "¡Te alegran mis sufrimientos, lo adivino, lo leo en tus ojos!". Y en vano trataba de resistir al extraño y misterioso poder que me incitaba a esos actos feroces de crueldad, que una vez efectuados me horrorizaban.

Me parecía ver en su preocupación, en su sumisión, en su humildad, un reproche mudo, una perpetua censura y su silencio, sus pasos callados, su resignación para recibir los golpes, sus gemidos contenidos, sin una protesta, sin una rebelión, me parecían otras tantas ofensas que me encendían de ira hasta la locura. ¡Cómo la odiaba entonces, Dios mío, cómo!

(En el lugar vacío, las sombras invadían los rincones, borrando los contornos de los objetos. La negra silueta de la mujer se agigantaba y su tono adquirió un acento fúnebre).

—Fue a principios de invierno. Empezó a toser. En sus mejillas aparecieron dos manchas rojas y sus ojos azules adquirieron un brillo extraño, febril. La veía tiritar continuamente y pensaba que era necesario cambiar sus delgados vestidos por otros más adecuados a la estación. Pero no lo hacía... y el tiempo era cada vez más crudo... apenas se veía el Sol.

(La narradora hizo una pausa, un gemido ahogado brotó de su garganta y luego continuó).

—Hacía ya mucho tiempo que había apagado la luz. El golpeteo de la lluvia y el rugido del viento, que soplaba afuera huracanado, me tenían desvelada. En la cama abrigada y caliente, aquella música me producía un dulce placer. De pronto, el estallido de un ataque de tos me sacó de aquella somnolencia: se crisparon mis nervios y esperé ansiosa que el ruido insoportable cesara.

Pero, terminado un episodio, empezaba otro más violento y prolongado. Me refugié bajo los cobertores, metí la cabeza debajo de la almohada: todo inútil. Aquella tos seca, vibrante, resonaba en mis oídos con un martilleo ensordecedor.

No pude resistir más y me senté en la cama y, con voz que la rabia debía hacer terrible, le grité: "¡Calla, cállate, miserable!".

Un rumor oprimido me contestó. Entendí que trataba de ahogar los ataques, cubriéndose la boca con las manos y las ropas, pero la tos triunfaba siempre.

No supe cómo salté al suelo y, cuando mis pies tropezaron con el colchón, me incliné y busqué a tientas en la oscuridad aquella larga y dorada cabellera y, agarrándola con ambas manos, tiré de ella con furia. Cuando estuvimos junto a la puerta comprendió sin duda mi intento, porque por primera vez trató de hacer resistencia e intentando soltarse clamó con indecible espanto: "¡No, no, perdón, perdón!".

Pero yo había descorrido la cerradura... Una ráfaga de viento y agua penetró por el hueco y me azotó el rostro con violencia.

Aferrada a mis piernas, imploraba con acento desgarrador: "¡No, no, mamá, mamá!".

Reuní mis fuerzas y la lancé afuera y, cerrando en seguida, me devolví a la cama estremecida de terror.

(La propietaria escuchaba atenta y muda, sus ojos se agrandaban bajo el arco de sus cejas, cuando la voz opaca y oculta disminuía su entonación).

—Permaneció mucho tiempo junto a la puerta lanzando desesperados lamentos, interrumpidos a cada instante por los ataques de tos. Me parecía, a veces, percibir entre el ruido del viento y de la lluvia, que ahogaba sus gritos, el temblor de su cuerpo y el castañeteo de sus dientes.

Poco a poco sus gritos de: "¡Ábreme, mamá, mamacita, tengo miedo mamá!", fueron debilitándose, hasta que por fin cesaron por completo.

Yo pensé: "Se ha ido al cobertizo, al fondo del patio, único sitio donde podía resguardarse de la lluvia", y la voz del remordimiento se alzó acusadora y terrible en lo más hondo de la conciencia: "¡La maldición de Dios —me gritaba—, va a caer sobre ti!... ¡La estás matando!... ¡Levántate y ábrele!... ¡Aún es tiempo!"

Cien veces intenté descender de la cama, pero una fuerza invencible me retenía en ella, atormentada y delirante. ¡Qué horrible noche, Dios mío!

(Algo como un sollozo convulsivo siguió a estas palabras. Hubo algunos segundos de silencio y luego la voz, más cansada, más doliente, prosiguió).

—Una gran claridad iluminaba la pieza cuando desperté. Me di vuelta hacia la ventana y vi a través de los cristales el cielo azul. El temporal había pasado y el día se mostraba esplendoroso, lleno de sol. Sentí el cuerpo adolorido, enervado por la fatiga, la cabeza me parecía que pesaba sobre los hombros como una masa enorme. Las ideas brotaban torpes del cerebro, como oscurecidas por una bruma. Trataba de recordar algo y no podía. De pronto, la vista del colchón vacío, que estaba en el rincón del cuarto, despejó mi memoria y me reveló de un golpe lo sucedido.

Sentí que algo opresor se anudaba a mi garganta y una idea horrible me perforó el cerebro, como un hierro ardiente.

Y, estremecida de espanto, sin poder contener el choque de mis dientes, más que andar, me arrastré hacia la puerta; pero, cuando ponía la mano en el cerrojo, un horror invencible me detuvo. De pronto mi cuerpo se dobló como un arco y tuve la rápida visión de una caída. Cuando me repuse, estaba tendida de espaldas en el pavimento. Tenía las extremidades adoloridas, el rostro y las manos llenos de sangre.

Me levanté y abrí... Falta de apoyo, se desplomó hacia adentro. Hecha un ovillo, con las piernas encogidas, las manos cruzadas y el mentón apoyado en el pecho, parecía dormir. En la camisa se veían grandes manchas rojas. Se la quité y la puse desnuda sobre mi cama. ¡Dios mío, aquel cuerpecillo me pareció más blanco que las sábanas, qué miserable, qué descarnado: era solo piel y huesos! Lo cruzaban infinitas líneas y trazos oscuros. Demasiado sabía yo del origen de aquellas huellas, ¡pero nunca imaginé que hubiera tantas!

Poco a poco fue reanimándose, hasta que por fin entreabrió los ojos y los fijó en los míos. Por la expresión de la mirada y el movimiento de los labios, adiviné que quería decirme algo. Me incliné hasta tocar su rostro y, después de escuchar un rato, percibí un susurro casi imperceptible: "¡La he visto! ¿Sabes? ¡Qué contenta estoy! ¡Ya no me abandonará más, nunca más!"

(La ventolera parecía decrecer y el ruido del mar sonaba más claro y distinto, entre los tardíos intervalos de las ráfagas).

—Le tomó el pulso y la miró largamente (gime la voz). Lo acompañé hasta el umbral y volví otra vez junto a ella. Las palabras: hemorragia... ha perdido mucha sangre... morirá antes de la noche, me sonaban en los oídos como algo lejano, que no me interesaba en manera alguna. Ya no sentía esa inquietud y angustia de todos los instantes. Experimentaba una gran tranquilidad de ánimo. "Todo ha acabado", me decía, y pensé en los preparativos del funeral. Abrí el baúl y extraje del fondo la mortaja[26], destinada para servirme a mí misma. Y, sentándome a la cabecera, me dediqué inmediatamente a la tarea de deshacer las costuras para disminuirla de tamaño.

Más blanca que una vela, con los ojos cerrados, yacía de espaldas respirando con dificultad. Nunca, como entonces, me pareció más grande la semejanza. Los mismos cabellos, el mismo óvalo del rostro y la misma boca pequeña, con la contracción dolorosa en los labios. "Va a reunirse con ella —pensé—. ¡Qué felices son!" y, convencida de que su sombra estaba ahí, a mi lado, junto a ella, exclamé: "¡He cumplido mi juramento, allí la tienes, te la devuelvo como la recibí, pura, sin mancha, santificada por el martirio!".

Estallé en sollozos. Una desolación inmensa, una amargura sin límites llenó mi alma. Entreví con espanto la soledad que me aguardaba. La locura se apoderó de mí, me arranqué los cabellos, di gritos atroces, maldije del destino... De pronto, me calmé: me miraba. Tomé la mortaja y, con voz rencorosa de odio, le dije mientras se la ponía delante de los ojos: "¡Mira!, ¿qué te parece

---

26   Vestidura, sábana u otra cosa en que se envuelve el cadáver para el sepulcro.

el vestido que te estoy haciendo? ¡Qué bien te quedará! ¡Y qué confortable y abrigador es! ¡Cómo te calentará cuando estés debajo de la tierra, dentro de la fosa que ya está cavando para ti el sepulturero!".

Pero ella no me contestaba nada. Asustada, sin duda, de ese horrible traje gris, se había puesto de cara a la pared. En vano le grité: "¡Ah! ¡Terca, te empeñas en no ver! Te abriré los ojos por la fuerza". Y, echándole la mortaja encima, la tomé de un brazo y la di vuelta de un tirón: estaba muerta.

(Afuera el viento sopla con fuerza. Un remolino de polvo penetra por la puerta, invade la tienda oscureciéndola casi por completo. Y, apagada por el ruido de las ráfagas, por un instante, se oye aún resonar la voz):

—Mañana es día de difuntos y, como siempre, su tumba lucirá las flores más frescas y las más hermosas coronas...

En la tienda, las sombras lo envuelven todo. La propietaria con el rostro en las palmas de las manos, apoyada en el mostrador, como una sombra también, permanece inmóvil. El viento zumba, sacude las coronas y modula una lúgubre melodía, que los pétalos de tela y de papel pintado acompañan con su sonido de cosas muertas:

—¡Mañana es día de difuntos!

EL ORO

UNA mañana en que el Sol surgía del abismo y se lanzaba al espacio, un vaivén en su carro incandescente lo hizo rozar la cúspide de la montaña.

Por la tarde un águila, que regresaba a su nido, vio en la negra cima un punto brillantísimo que resplandecía como una estrella.

Cesó el vuelo y percibió un fulgurante rayo de Sol aprisionado en una arista de la roca.

Pobrecito, le dijo el ave compadecida, no te inquietes, que yo escalaré las nubes y alcanzaré la veloz cuadriga[27] antes que desaparezca debajo del mar.

Y tomándolo en el pico se remontó por los aires y voló tras el astro que se hundía en el ocaso.

Pero, cuando ya estaba próxima a alcanzar al fugitivo, el águila sintió que el rayo, con soberbia ingratitud, quemaba el curvo pico que lo retornaba al cielo.

Irritada, entonces, abrió las mandíbulas y lo precipitó en el vacío.

El rayo descendió como una estrella filante[28], chocó contra la tierra, se levantó y volvió a caer. Como una luciérnaga maravillosa vagó a través de los campos y su brillo, infinitamente más intenso que el de millones de diamantes, era visible en mitad del día; y de noche centelleaba en las tinieblas como un diminuto Sol.

Los hombres, asombrados, buscaron mucho tiempo la explicación del hecho extraordinario, hasta que un día los magos y nigromantes[29] descifraron el enigma. La estrella vagabunda era una hebra desprendida de la cabellera del Sol. Y añadieron que el que lograra aprisionarla vería cambiar su existencia

---

27   Carro tirado por cuatro caballos en línea, usado especialmente en la Antigüedad.

28   Que tiene hebras o filamentos.

29   Persona que es capaz de adivinar o predecir el futuro invocando a los muertos.

de efímera a una vida inmortal; pero, para atrapar el rayo sin ser consumido por él, era necesario haber extirpado del alma todo vestigio de piedad y amor.

Entonces, todos los lazos se desataron, y ya no hubo ni padres, ni hijos, ni hermanos. Los amantes abandonaron a sus amadas y la humanidad entera persiguió, como jauría enloquecida, al celeste peregrino por toda la redondez de la Tierra. Noche y día millares de manos ávidas se tendieron sin cesar hacia la brasa fulgurante, cuyo contacto reducía a la nada a los audaces y de sus cuerpos, de sus corazones egoístas y soberbios, solo dejaba un puñado de polvo de un matiz de trigo maduro, que parecía hecho de rayos de Sol.

Y aquel milagro, incesantemente renovado, no detenía a la multitud de los que iban a la conquista de la inmortalidad. Los que sucumbían eran, sin duda, aquellos que conservaban en sus corazones un vestigio de sentimientos adversos; y cada cual, confiado en el poder victorioso de su ambición, proseguía la caza interminable, sin desmayos y sin recelos, seguros del éxito final.

El rayo vagó por los cuatro ámbitos del planeta, marcando su paso con aquel rastro de polvo dorado y brillante que, arrastrado por las aguas, penetró a través de la tierra y se depositó en las grietas de las rocas y en el cauce de los torrentes.

Por fin, el águila, con su rencor ya desvanecido, lo tomó nuevamente y lo puso en la ruta del astro que subía hacia el cénit[30].

Y transcurrió el tiempo. El ave, muchas veces centenaria, vio hundirse incontables generaciones en la nada. Un día el Amor desplegó sus alas y se remontó al infinito, y como encontró a su paso al águila que navegaba en el azul, le dijo:

—Mi reinado ha concluido. Mira allá abajo.

Y la penetrante mirada del ave distinguió a los hombres ocupados en extraer de la tierra y del fondo de las aguas un polvo amarillo, rubio como las espigas, cuyo contacto infiltraba en sus venas un fuego desconocido.

Y, viendo a los mortales pelearse entre sí como fieras, con la esencia de sus almas trastornada, el águila exclamó:

—Sí, el oro es un metal precioso. Mezcla de luz y de barro, tiene el rubio matiz del rayo; y sus quilates son la soberbia, el egoísmo y la ambición.

---

30   Punto culminante o más alto.

LA BARRENA[31]

AQUELLOS sí que eran buenos tiempos, dijo el abuelo dirigiéndose a su juvenil audiencia, que lo oía con la boca abierta. Los cóndores de oro corrían como el agua y no se conocían ni de nombre estos sucios papeles de ahora. No había más que dos piques[32]: el Chambeque y el Alberto, pero el carbón estaba tan cerca de los pozos que, de cada uno de ellos, se sacaban muchos cientos de toneladas por día.

Entonces fue cuando los de Playa Negra quisieron aventajarnos extendiendo una galería que iba desde la desembocadura de Playa Blanca derecho a Santa María. Nos quitaban así todo el carbón que quedaba hacia el Norte, debajo del mar. Apenas se supo la noticia, todo el mundo fue al Alto de Lotilla a ver los nuevos trabajos que habían empezado los rivales con gran actividad. Tenían ya armada la cabria[33] del pique casi en la orilla misma donde revienta la ola en las altas mareas. Los pillos querían trabajar lo menos posible para cerrarnos el camino. Entretanto, nuestros jefes no se contentaban solo con mirar. Estudiaban el modo de frenar esta situación, y andaban para arriba y para abajo corriendo enloquecidos con unas caras de susto tan largas que daban lástima.

Una mañana, acababa de llegar al pique, cuando don Pedro, el capataz mayor, me llamó para decirme:

—Sebastián, ¿cuántos son los barreteros[34] de tu cuadrilla[35]?

—Veinte, señor, le contesté.

---

31   Instrumento de acero que sirve para taladrar o hacer agujeros en madera, metal, piedras u otros.

32   En minería es una perforación en forma vertical en la que se puede descender en ascensores hasta las galerías, que son especies de túneles.

33   Ascensor.

34   Trabajador que extrae carbón.

35   Equipo de trabajo.

—Escoge de los veinte —me mandó— diez de los mejores y te vas con ellos al Alto de Lotilla. Yo estaré allí dentro de una hora.

Me fui abajo y escogí a mis hombres; antes de la hora ya estábamos juntos con una nube de peones, de carpinteros y de mecánicos en la mitad de la ladera del cerro que mira al mar.

Mientras los peones desmontaban y terraplenaban[36] y los carpinteros aserraban las enormes vigas, los mecánicos recorrían con el motor ya listo para funcionar. Todos metían una bulla espantosa. A cada momento llegaban barreteros del Chambeque y del Alberto. Allí estaba lo mejor de toda la mina. Ninguno tenía menos de veinte años ni pasaba de veinticinco.

De repente, corrió la voz de que iba a hablarnos el ingeniero jefe. Todavía me parece verlo encaramado en un montón de madera, dándonos aquel discurso cuyo recuerdo aún tengo en la memoria. Después de criticar la conducta de los de Playa Negra –que sin ninguna razón y contra todo derecho querían arrinconarnos contra el cerro para apoderarse del carbón submarino, que habíamos sido los primeros en descubrir y en explotar– nos dijo que contaba con nuestro empuje y entusiasmo para el trabajo, para impedir aquel despojo que sería la ruina de todos si se realizaba. Luego nos explicó, aunque muy a la ligera, lo que exigía de nosotros. A pesar de su reserva y de lo vago de ciertos detalles, comprendimos que su intención era abrir un pique en el sitio donde estábamos y en seguida una galería paralela a la playa que cortara en cruz la línea que traía la de Playa Negra. Pero para que tuviese éxito este plan, era necesario llegar al cruce antes que los rivales. Y aquí estaba lo difícil, porque la distancia que ellos debían andar era menos de la mitad de la que nosotros teníamos que recorrer para ir al mismo punto por debajo del mar.

Cuando el ingeniero concluyó su discurso, era tan grande nuestro entusiasmo que pedimos a gritos la orden de empezar el trabajo inmediatamente. Estábamos furiosos contra los de Playa Negra y, para terminar con el asunto, algunos propusieron como lo más práctico irnos sobre los intrusos y arrojarlos dentro de su pique con cabria, máquinas y todo. El ingeniero apaciguó a los exaltados, diciéndoles que la violencia empeoraría la situación aplazando la dificultad indefinidamente. Lo mejor era concluir de una vez y para siempre. Calmados los ánimos, se procedió a dividir a los barreteros en doce cuadrillas de diez hombres cada una, las que trabajarían una después de otra, reemplazándose cada dos horas. Por este medio habría siempre en la faena gente descansada y para renovar.

---

36   Llenar de tierra un vacío o hueco. Emparejar, nivelar.

Echado a la suerte el turno de las cuadrillas, le tocó a la mía el segundo lugar. Nos quedamos esperando con impaciencia el relevo mientras los demás, que tenían números más altos, se iban a sus casas para dormir.

¡Aquello sí era trabajar! Desnudos, con un trapo a la cintura, empuñábamos con tal rabia las piquetas[37] que la tierra, la arcilla y la piedra nos parecían una cosa blanda en la que nos hundíamos como se hunde en la madera podrida una broca de taladro. El sudor nos corría a chorros y humeábamos como la barra que el herrero retira del fogón y mete en el enfriadero. Algunos se desmayaban y, cuando el pito del capataz nos indicaba que había concluido el turno, una niebla nos oscurecía la vista y apenas podíamos sostenernos en pie.

En la primera semana alcanzamos el nivel del mar. Se pusieron grandes bombas para sacar el agua y seguimos cavando y cavando hasta completar otra semana. De repente, nos mandaron parar. Bajaron los ingenieros con sus instrumentos y después de dos horas más o menos nos marcaron con tiza en la pared dónde debíamos abrir la galería. Sin perder un minuto, empuñamos las herramientas y el trabajo comenzó con la misma furia que antes. Bajamos ágiles y frescos y, dos horas después, salíamos irreconocibles, reventados, casi muertos. Afuera el médico nos tomaba el pulso, bebíamos un poco de coñac con agua y en seguida a casa a dormir. Hubo también algunos accidentes. De improviso caía uno boca abajo y ahí se quedaba sin mover ni una pata. Otros reventaban en sangre por las narices u otras cavidades. La cuadrilla de reserva los reemplazaba inmediatamente y el trabajo seguía adelante de día y de noche sin parar un minuto, un segundo siquiera.

Era imposible hacer más, pero a los jefes todavía les parecía poco. Andaban con un genio que los sobrepasaba. Y no era para menos, porque nosotros que íbamos de Sur a Norte para cerrar el camino a los de Playa Negra, que iban hacia el Oriente; teníamos que recorrer una distancia casi doble. Hacía ya un mes que trabajábamos cuando una mañana vinieron los ingenieros a hacer una nueva medición de la galería. Esta vez la cosa demoró bastante. Hablaban, medían y volvían a medir y, de pronto, nos ordenaron que suspendiéramos el trabajo hasta nuevo aviso. Como nos moríamos de curiosidad y deseábamos saber si habíamos ganado o perdido, ninguno quiso alejarse de la mina hasta no averiguar en qué terminaba todo aquello. Yo, como jefe de cuadrilla, fui donde don Pedro, el capataz mayor, que estaba todo el tiempo con la oreja pegada al muro y le pregunté: ¿Así que ya les cerramos el paso? Me hizo un gesto para que callara y entonces puse yo también el oído en la pared.

---

37   Herramienta que sirve para picar la tierra.

Estuve así un rato escuchando con toda mi alma y, de repente, me pareció oír muy lejos unos golpecitos como si alguien estuviese dando cabezazos sobre la piedra. Puse más atención y cuando estuve ya seguro de no equivocarme llamé al capataz y le dije: don Pedro, es aquí donde viene la barrena.

Se acercó y nos pusimos a escuchar juntos. De pronto, a la luz de la lámpara, vi cómo brillaron los ojos del capataz. Los golpes de combo[38] en la barrena-guía se iban sintiendo cada vez más fuertes. En ese momento, llegaron los ingenieros y, después de escuchar también con la oreja pegada al muro, desenrollaron un plano y se pusieron a trabajar con sus aparatos. Luego, marcaron con tiza una cruz en la pared, dieron algunas órdenes al capataz y se marcharon alegres como en pascuas. Apenas hubieron salido cuando bajó una docena de carpinteros que colocaron a toda prisa una puerta que cerró completamente un espacio de diez metros al fin de la galería. Ya colgada la puerta en el marco y cerradas con gran prolijidad sus rendijas, se retiraron los carpinteros y solo quedamos ahí el capataz mayor y los cabezas de cuadrilla oyendo los golpes dados en la barrena que, al parecer, ya estaba muy cerca. Sin embargo, todavía pasaron muchas horas y serían tal vez las tres de la tarde cuando el capataz me dijo: Ve arriba y avisa que tengan listo el brasero.

Fui a toda prisa a cumplir la orden y cuando estuve de vuelta se sentía tan claro el ruido de la barrena que calculé que no pasaría media hora sin que la punta asomara por la pared. La galería tenía dos metros de alto en esa parte y cortaba un manto de piedra caliza azul que no dejaba filtrar una gota de agua, a pesar de tener el mar encima de nuestras cabezas. Mientras esperábamos en silencio, no dejábamos de pensar en el cálculo de los ingenieros, cuya exactitud nos llenaba de admiración. No sabíamos, todavía, que aprovechándose de la poca vigilancia de los jefes de Playa Negra, dos de los nuestros habían bajado a la mina contraria y habían anotado su nivel y dirección.

Como ya lo había calculado, no había trascurrido media hora cuando los primeros pedacitos de piedra caliza empezaron a caer de la pared, a metro y medio del suelo. Todos sabíamos lo que esto quería decir y esperábamos con verdadera ansia que la barrena-guía rompiera la muralla para despuntarla de un martillazo, haciéndoles ver a los rivales que habían perdido la jugada y que nosotros éramos los amos debajo del mar. Combo en mano, esperábamos el momento oportuno, cuando don Pedro, el capataz mayor, hizo una seña para que nos apartáramos; afirmando el hombro izquierdo en el muro, se escupió las manos y esperó con los ojos clavados en la piedra que se levantaba como una ampolla.

---

38   Mazo, martillo grande de madera.

Nunca me olvidaré de aquel momento. Todos teníamos la vista fija en el capataz mayor queriendo adivinar su intento. Alumbrado por las lámparas, parecía uno de esos gigantes de los que hablan los cuentos de niños. Tenía seis pies[39] de alto y su cuerpo robusto en proporción, agrandado por el resplandor de las luces, parecía llenar el estrecho recinto. Su fuerza era famosa en toda la mina. Muchas veces lo vi, bromeando, levantar a un hombre en cada mano y sostenerlos en el aire como si fueran guaguas de meses.

Con un pie adelante del otro, la cabeza un poco inclinada, esperaba el instante en que la barrena asomara por el muro. No tuvo mucho tiempo que esperar. A cada golpe, los pedazos de piedra caliza que caían eran más grandes, hasta que, de pronto, algo brillante salió de la pared, haciendo saltar una gruesa cubierta. Rápido como el rayo, el capataz le echó la mano encima y, por un instante, sentimos cómo crujían sus huesos. De repente, se enderezó y se quedó quieto, afirmado en la pared con la cabeza echada atrás y resoplando como el fuelle[40] de un fogón movido a todo vapor. Clavamos los ojos en la muralla y apenas podíamos creer lo que veíamos. Doblada en forma de escuadra, la extremidad de la barrena sobresalía del muro unos cincuenta centímetros y se movía de un lado a otro como el péndulo de un reloj.

El abuelo hizo una pausa y, después de tomar entre sus dedos temblorosos el cigarrillo encendido que uno de sus atentos oyentes le alargaba, continuó:

—Lo que me falta por contarles es muy poca cosa. Mientras los de Playa Negra, que no podían adivinar ni remotamente lo que había pasado, atribuían el accidente a un simple atascamiento de su barrena y hacían los esfuerzos imaginables para desatascarla, ensanchando el orificio, nosotros habíamos colocado frente a él un gran brasero de carbón encendido. Luego, el capataz mayor dio orden de que todo el mundo abandonara la galería, quedándonos los dos para terminar los últimos preparativos. Todo quedó listo en un momento. Después de ensayar si la puerta cerraba bien y mientras yo me alejaba prudentemente, don Pedro tomó en sus brazos, como si fuera una pluma, el enorme saco lleno de ají que se había bajado hacía poco y, desde el umbral, lo lanzó sobre las brasas encendidas. Acto seguido, cerró, la puerta de un puntapié y, dando vuelta la espalda echó a correr hacia el pozo de salida. Yo, que iba adelante, fui el primero en llegar al ascensor y, aunque nos su-

---

39   Medida de longitud que equivale a 0,3048 metros. Es decir, tenía aproximadamente 1,83 metros de alto.

40   Instrumento para lanzar aire. Es de madera y tiene costados de piel flexible con una válvula por donde entra el aire y un tubo por donde sale.

bieron inmediatamente, al llegar arriba sentimos una picazón en la garganta, acompañada de una tos seca insoportable.

No hacía diez minutos que habíamos salido, cuando vimos que algo extraordinario pasaba en la mina enemiga. La campana de alarma empezó a sonar a toda prisa, y debía ser algo muy grave lo que ocurría abajo, porque el toque era desesperado. Como estábamos más alto que ellos, ningún detalle se nos escapaba. Cuando apareció el ascensor, la boca del pique estaba llena de gente. Los que salían eran rodeados y acosados a preguntas, que oíamos perfectamente:

—¿Qué hay, qué pasa?

Pero los pobres diablos no podían contestar, porque una extraña tos los sacudía de pies a cabeza. Entonces todos estallamos en gritos y celebraciones, que los de Playa Negra contestaban con insultos y maldiciones.

Para terminar, solo me falta decir que todas las tentativas que hicieron nuestros rivales para bajar a la mina y reanudar los trabajos fueron inútiles. Pasaban los días, las semanas y los meses, y la imposibilidad era siempre la misma. Apenas el ascensor se hundía en el pique algunos metros, los que iban en él se ponían a gritar que los subieran sin demora y salían medio ahogados tosiendo desesperadamente.

Era imposible haber ideado una trampa más eficaz. El humo del ají, encerrado en la galería nuestra, se escapaba tan despacio por el orificio de la barrena-guía que amenazaba con no acabarse nunca. Y sucedió lo que debía suceder: que el lecho de la galería, reforzado a la ligera, se derrumbó, dando paso al agua del mar.

Seis meses después, la famosa mina de Playa Negra era solo un pozo de agua salobre que la arena de las dunas iba rellenando lentamente.

Cañuela y Petaca

Mientras Petaca vigila desde la puerta; Cañuela, encaramado sobre la mesa, descuelga del muro el pesado y oxidado fusil.

Los alegres rayos del Sol filtrándose por las mil rendijas del rancho esparcen en el interior de la vivienda una claridad deslumbradora.

Ambos chicos están solos esa mañana. El viejo Pedro y su mujer, la anciana Rosalía, abuelos de Cañuela, salieron muy temprano en dirección al pueblo, después de recomendar a su nieto la mayor prudencia durante su ausencia.

Cañuela, a pesar de sus débiles fuerzas –tiene nueve años y su cuerpo es espigado y delgaducho– ha terminado felizmente la tarea de apoderarse del arma y, sentado en el borde de la cama, con el cañón entre las piernas, teniendo apoyada la culata en el suelo, examina el terrible instrumento con grave atención y prolijidad. Sus cabellos rubios, desteñidos, y sus ojos claros de mirar impávido e ingenuo contrastan notablemente con la cabellera negra y tiesa y con los ojos oscuros y agudos de Petaca que, dos años mayor que su primo, de cuerpo bajo y rechoncho es la antítesis de Cañuela, a quien maneja y gobierna con despótica autoridad.

Desde un tiempo, aquel proyecto de cacería entre ellos era el objeto de citas y confabulaciones misteriosas; pero siempre habían encontrado dificultades e inconvenientes insuperables para llevarlo a cabo. ¿Cómo conseguirse pólvora, perdigones y fulminantes?

Por fin, una tarde, mientras Cañuela vigilaba la olla de la comida sobre las brasas del fogón, vio de improviso aparecer en el hueco de la puerta la sigilosa y silenciosa figura de Petaca, quien, al enterarse de que los viejos aún no regresaban del pueblo, puso delante de los ojos asombrados de Cañuela un grueso saco de pólvora para minas, que tenía oculto debajo de la ropa. La adquisición del explosivo era toda una historia que el héroe de esta no se preocupó de relatar, embobado en la contemplación de aquella sustancia reluciente semejante a azabache[41] pulido.

---

41   Tipo de carbón petrificado que es de un color negro muy brillante.

A una escasa legua[42] del rancho había una cantera que proveía de materiales de construcción a los pueblos vecinos. El padre de Petaca era el capataz de aquellas obras. Todas las mañanas extraía del depósito excavado en la piedra viva la provisión de pólvora para el día. En vano, el chico había puesto en juego la travesura y sutileza de su ingenio para apoderarse de uno de aquellos sacos que el viejo tenía junto a sí en la pequeña carpa, desde la cual dirigía los trabajos. Todas sus astucias y artimañas lamentablemente habían fracasado ante los ojos vigilantes que observaban sus movimientos. Desesperado por conseguir su objeto, intentó, por fin, un medio heroico. Había observado que cuando un tiro estaba listo, dada la señal de peligro, los trabajadores, incluso el capataz, iban a refugiarse en un hueco abierto con ese propósito en la ladera de la montaña y no salían de allí sino cuando se había producido la explosión. Una mañana, arrastrándose como una culebra, fue a ponerse en acecho cerca de la carpa. Muy pronto, tres golpes dados con un martillo en una barrena de acero, anunciaron que la mecha de un tiro acababa de ser encendida y vio cómo su padre y los canteros corrían a ocultarse en la excavación. Aquel era el momento propicio y, abalanzándose sobre los sacos de pólvora, se apoderó de uno, emprendiendo en seguida una veloz carrera, saltando como una cabra por encima de los montones de piedra que, en una gran extensión, cubrían el declive de la montaña. Al producirse el estallido que hizo temblar el suelo bajo sus pies, enormes proyectiles le zumbaron en los oídos, rebotando a su alrededor una furiosa lluvia de piedras. Pero ninguna lo tocó, y cuando los canteros abandonaron su escondite, él ya estaba lejos oprimiendo contra el pecho jadeante su gloriosa conquista, con el alma llena de alegría.

Esa tarde, que era un jueves, quedó acordado que la cacería fuera el domingo siguiente, día del que podían disponer a su antojo; pues los abuelos se ausentarían como de costumbre para llevar sus aves y hortalizas al mercado. Entretanto, había que ocultar la pólvora. Muchos escondites fueron propuestos y desechados. Ninguno les parecía suficientemente seguro para tal tesoro. Cañuela propuso que abrieran un hoyo en un rincón del huerto y la ocultaran ahí, pero su primo lo hizo cambiar de opinión, contándole que un muchacho, vecino suyo, había hecho lo mismo con un saco de aquellos y días después halló solo la envoltura de papel. Todo el contenido se había deshecho con la humedad. Por lo tanto, había que buscar un sitio bien seco. Y, mientras trataban inútilmente de resolver aquel problema, el torpe de Cañuela, a quien –según su primo– nunca se le ocurría nada de provecho, de pronto, dijo señalando el fuego que ardía en mitad de la habitación:

---

42   Medida variable según los países o regiones, definida por el camino que regularmente se anda en una hora, y que en el antiguo sistema español equivale a 5527,7 metros.

—¡Enterrémosla en la ceniza!

Petaca lo contempló admirado y, por una rara excepción, pues lo que proponía el rubiecillo le parecía siempre detestable, iba a aceptar aquella vez cuando la vista del fuego lo detuvo: ¿y si se prende? —pensó. De repente brincó de alegría. Había encontrado la solución buscada. En un instante, ambos chicos apartaron las brasas y cenizas del fogón y cavaron en medio un agujero de cuarenta centímetros de profundidad, dentro del cual, envuelto en un pañuelo de hierbas, colocaron el saco de pólvora cubriéndolo con la tierra extraída y volviendo a su sitio el fuego, encima del que se puso nuevamente la descascarada olla de barro.

En escasa media hora todo quedó lindamente terminado y Petaca se retiró prometiendo a su primo que los perdigones y los fulminantes estarían antes del domingo en su poder.

Durante los días que precedieron al señalado, Cañuela no dejó de pensar en la posibilidad de un estallido que al volcar la olla de la comida, única consecuencia grave que se le ocurría, dejara a él y a sus abuelos sin cenar. Y este siniestro pensamiento cobraba más fuerza al ver a su abuela Rosalía inflar los carrillos[43] y soplar con fuerza atizando el fuego, por cierto, bien ajena al hecho de que todo un Vesubio[44] estaba ahí delante de sus narices, listo para hacer su inesperada y fulminante aparición. Cuando esto sucedía, Cañuela se levantaba en puntillas y se deslizaba hacia la puerta mirando hacia atrás de reojo y murmurando con aire inquieto:

—¡Ahora sí que revienta!

Pero no reventaba, y el chico fue tranquilizándose hasta desechar todo temor.

Y, cuando llegó el domingo y los viejos con su carga a cuestas habían desaparecido a lo lejos en el sendero de la montaña, los muchachos radiantes de alegría empezaron los preparativos para la expedición. Petaca había cumplido su palabra robándole a su padre una caja de fulminantes y, en cuanto a los perdigones, se los había sustituido, con gran ventaja y economía, por pequeñas piedrecillas recogidas en el lecho del arroyo.

Desenterrada la pólvora que, después de palparla, ambos encontraron perfectamente seca y calentita, y una vez examinado prolijamente el fusil del abuelo, tan venerable y antiguo como su dueño, no quedaba más que emprender la marcha hacia las lomas y los páramos, lo que efectuaron después de ase-

---

43   Polea, rueda acanalada y móvil alrededor de un eje.

44   Volcán ubicado cerca de Nápoles (Italia), uno de los más peligrosos del mundo por estar en una de las zonas más pobladas.

gurar convenientemente la puerta del rancho. Petaca iba adelante con el fusil al hombro, seguido de cerca por Cañuela, que llevaba en los amplios bolsillos de su pantalón las municiones de guerra. Durante un momento discutieron acerca del camino que debían seguir. Cañuela tenía la opinión de descender a la quebrada y seguir hasta el valle, donde encontrarían bandadas de tencas[45] y de zorzales; pero su testarudo primo deseaba ir más bien a través de los páramos, donde abundaban las loicas y las perdices, caza según él muy superior a la otra y, como de costumbre, su decisión fue la que prevaleció.

Petaca vestía una chaqueta, desecho de su padre, a la cual se le habían recortado las mangas y el contorno inferior a la altura de los bolsillos, los cuales con este arreglo quedaron eliminados. Cañuela no tenía chaqueta y se cubría el torso con una camisa; pero, en cambio, llevaba enfundadas las piernas en unos gruesos pantalones de paño, con enormes bolsillos que eran su orgullo y le servían, a la vez, de arca, de arsenal y de despensa.

Petaca, con el fusil al hombro, sudaba y bufaba bajo el peso del enorme armatoste. Irguiendo su pequeña talla se esforzaba por mantener una actitud digna de un cazador, resistiendo con obstinación las súplicas de su primo, que le rogaba que le permitiese llevar, siquiera por un ratito, el precioso instrumento.

Durante la primera etapa, Cañuela, lleno de entusiasmo por el arte de la caza, quería que hicieran fuego sobre todo bicho viviente, no perdonando ni a los enjambres de mosquitos que zumbaban en el aire. A cada instante sonaba su discreto: ¡Psh, psh!, llamando la atención de su compañero y, cuando este se detenía interrogándolo con sus chispeantes ojos, le señalaba, apuntando con la mano derecha, un mísero chincol que daba saltitos entre la hierba. Ante aquella caza ruin el moreno Nemrod[46] se encogía de hombros con desprecio y proseguía su marcha triunfal a través de las lomas, encorvado bajo el fusil cuyo oxidado cañón, al apoyar la culata en el suelo, sobresalía una cuarta por encima de su cabeza.

Por fin, el inconformista cazador vio delante de sí una pieza digna de los honores de un tiro. Una loica macho, cuya roja pechuga parecía una herida recién abierta, lanzaba su alegre canto sobre una cerca de ramas. Los chicos se echaron a tierra y empezaron a arrastrarse como reptiles por la maleza. El ave observaba sus movimientos con tranquilidad y no dio señales de inquietud sino cuando estaban a cuatro pasos de distancia. Entonces, abrió las alas y fue

---

45   Alondra de tres colas.

46   Fundador y rey del primer imperio que existió después del diluvio universal. Bisnieto de Noé, se dice que incitó la rebelión contra la soberanía de Dios.

a posarse sobre la hierba a cincuenta metros de aquel sitio. Desde ese momento, empezó una cacería loca a través de las malezas. Cuando, después de grandes rodeos y de infinitas precauciones, Petaca lograba aproximarse lo bastante y empezaba a alinear el arma, el pájaro volaba un centenar de pasos más allá e iba a lanzar su grito, que parecía de burla y desafío. Como si se propusiera poner a prueba la constancia de sus enemigos, esquivaba un matorral o una barranca de difícil acceso, pero siempre a la vista de sus infatigables perseguidores, quienes, después de algunas horas de este gimnástico ejercicio, estaban bañados en sudor, llenos de arañazos y con la ropa rota, llena de agujeros; aunque no se desanimaban y proseguían la caza con salvaje ardor.

Por último, el ave, cansada de tan insistente persecución, se elevó en los aires y, sorteando una profunda quebrada, desapareció en la espesura de la ladera opuesta.

Cañuela y Petaca que, con las mechas sobre los ojos avanzaban gateando a lo largo de un surco, se enderezaron consultándose con la mirada y, luego, sin intercambiar una sola palabra, siguieron adelante resueltos a morir de cansancio antes que renunciar a una pieza tan magnífica. Cuando, después de atravesar la quebrada, rendidos de fatiga, se encontraron otra vez en las lomas, lo primero que divisaron fue a la fugitiva, que posada en un pequeño arbusto estaba destrozando con su fuerte pico los tallos tiernos de la planta. Verla y caer ambos boca abajo sobre la hierba sucedió al mismo tiempo. Petaca, con los ojos encandilados, fijos en el ave, empezó a arrastrarse con el vientre en el suelo remolcando trabajosamente con la mano derecha el fusil. Apenas respiraba, poniendo toda su alma en aquel silencioso deslizamiento. A cuatro metros del árbol se detuvo y, reuniendo todas sus exhaustas fuerzas, se echó la escopeta a la cara. Pero en el instante en que se disponía a tirar del gatillo, Cañuela, que lo había seguido sin que él se percatara, le gritó de improviso con su vocecilla de clarín, aguda y penetrante:

—¡Espera, que no está cargada, hombre!

La loica agitó las alas y se perdió como una flecha en el horizonte.

Petaca se alzó de un brinco y precipitándose sobre el rubio lo molió a golpes y cachetadas. ¡Qué bestia y qué bruto era! Ir a espantar la caza en el preciso instante en que iba a caer infaliblemente muerta. ¡Tan bien que había hecho la puntería!

Y cuando Cañuela entre sollozos balbuceó:

—¡Porque te dije que no estaba cargada...!

A lo cual el morenillo contestó iracundo, con los brazos en la cintura, clavando en su primo los ojos llameantes de furia:

—¿Por qué no esperaste que saliera el tiro?

Cañuela dejó de sollozar súbitamente y, secándose los ojos con el revés de la mano, miró a Petaca, atontado, con la boca abierta. ¡Qué merecidos eran los golpes! ¿Cómo no se le ocurrió una cosa tan sencilla? No, había que rendirse a la evidencia. Era un torpe, nada más que un torpe.

La armonía entre los chicos se restableció bien pronto. Tendidos a la sombra de un árbol, descansaron un rato para reponerse de la fatiga que los abrumaba. Petaca, ya pasado el acceso de furia, reflexionaba y casi se arrepentía de su dureza porque, la verdad, matar un pájaro con una escopeta descargada no le parecía ya tan claro y evidente, por muy bien que se hiciera la puntería. Pero, como confesar su torpeza habría sido dar la razón al idiota del primo, se guardó calladamente sus reflexiones para sí. Hubiera dado con gusto el cartucho de dinamita que tenía allá en el rancho, oculto debajo de la cama, por haber matado a la maldita loica que tanto los había hecho sufrir. ¡Si al salir hubiesen cargado el arma! Pero aún era tiempo de reparar una omisión tan fundamental y, poniéndose de pie, llamó a Cañuela para que lo ayudara en la grave y delicada operación, de la cual ambos tenían solo nociones vagas y confusas, pues no habían tenido aún oportunidad de ver cómo se cargaba una escopeta.

Y mientras Cañuela, encaramado en un tronco para dominar la extremidad del fusil que su primo mantenía en posición vertical, espera órdenes, baqueta[47] en mano, surgió la primera dificultad. ¿Qué se echaba primero? ¿La pólvora o las piedrecillas?

Petaca, aunque bastante perplejo, se inclinaba a creer que la pólvora e iba a resolver la cuestión en este sentido, cuando Cañuela, saliendo de su mutismo, expresó tímidamente la misma idea.

El espíritu de intransigente contradicción de Petaca contra todo lo que provenía de su primo se reveló esta vez como siempre. Bastaba que el rubiecillo propusiera algo para que él hiciera inmediatamente lo contrario. ¡Y con qué despreciativo énfasis se burló de la ocurrencia! Se necesitaba ser más burro que un buey para pensar tal despropósito. Si la pólvora iba primero forzosamente había que echar encima las piedrecillas. ¿Y, entonces, por dónde salía el tiro? No, había que proceder al revés. Cañuela, que no respiraba, temeroso de que una respuesta suya acarrease sobre sus costillas razones más contundentes, vació en el cañón del arma una respetable cantidad de piedrecillas sobre las cuales echó, en seguida, dos gruesos puñados de pólvora. Un manojo de pasto seco sirvió de taco y con la colocación del fulminante, que Petaca efectuó sin dificultad, el fusil quedó listo para lanzar su mortífera descarga. Se lo puso

---

47   Vara delgada de hierro o madera, que servía para apretar el taco de las armas de fuego.

al hombro el intrépido morenillo y echó a andar seguido de su camarada, escudriñando ávidamente el horizonte en busca de una víctima. Los pájaros abundaban, pero emprendían el vuelo apenas la extremidad del fusil amenazaba con derribarlos de su pedestal en el ramaje. Ninguno tenía la cortesía de permanecer quietecito mientras el cazador hacía y rectificaba una y mil veces la puntería. Por último, un inalterable chincol, mientras se alisaba las plumas sobre una rama, tuvo la complacencia de esperar el fin de tan extrañas y complicadas manipulaciones. Mientras Petaca, que había apoyado el fusil en un tronco, apuntaba arrodillado en la hierba; Cañuela, prudentemente colocado a su espalda, esperaba con las manos en los oídos el ruido del disparo que se imaginaba fantástico, idea que asaltó también al cazador recordando los tiros que había oído explotar en la cantera. Por un momento, vaciló sin resolverse a tirar del gatillo, pero el pensamiento de que su primo podía burlarse de su cobardía lo hizo dar vuelta la cabeza, cerrar los ojos y oprimir el disparador. Su sorpresa fue grande al oír, en vez del estruendo que esperaba, un chasquido agudo y seco, pero que nada tenía de emocionante. Parece mentira, pensó, que un escopetazo suene tan poco. Su primera mirada fue para el ave y, al no verla en la rama, lanzó un grito de alegría y se precipitó adelante seguro de encontrarla en el suelo, patas arriba.

Cañuela, que vio al chincol alejarse tranquilamente, no se atrevió a desengañarlo; incluso fue tal el entusiasmo con que su primo estudió la precisión del disparo, cómo vio volar las plumas por el aire y caer de las ramas al pájaro despedazado que, olvidándose de lo que había visto, terminó también por creer completamente en la muerte del ave, y ambos la buscaron con esmero entre la maleza hasta que, cansados de la inutilidad de la pesquisa, la abandonaron, desalentados. Pero ambos habían olido la pólvora y su belicoso entusiasmo aumentó considerablemente, convirtiéndose en una sed de exterminio y destrucción que nada podía calmar. Cargaron rápidamente el fusil y, perdido el miedo al arma, se entregaron con ansias a aquella imaginaria matanza. El débil estallido del fulminante mantenía aquella ilusión y, aunque ambos notaron al principio con extrañeza el poquísimo humo que echaba aquella pólvora, terminaron por no acordarse de aquel insignificante detalle.

Solo una contrariedad nublaba su alegría. No podían encontrar una sola pieza a pesar de que Petaca juraba y juraba haberla visto caer muerta y casi desplumada por el proyectil de las piedrecillas. Pero en su interior empezaba a creer seriamente, recordando cómo las flechas torcidas describen una curva y se desvían del blanco, que la dichosa pólvora podría estar chueca. Se prometió, entonces, no cerrar los ojos ni voltear la cabeza al momento de disparar para ver de qué parte se ladeaba el tiro; pero un contratiempo inesperado lo privó de hacer esta experiencia. Cañuela, que acababa de meter un grueso puñado de piedrecillas en el cañón, exclamó de repente desde el tronco en que estaba encaramado, con tono de alarma:

—¡Se acabó la escopeta!

Petaca miró el fusil que tenía entre las manos y luego a su primo, lleno de sorpresa, sin comprender lo que aquellas palabras significaban. El rubiecillo le señaló entonces la boca del cañón, por la que asomaba parte del último taco. Inclinó el arma para palpar la abertura con los dedos y se convenció de que no había medio de meter ahí un grano más de pólvora o de lo que fuese. Su entrecejo se frunció. Empezaba a adivinar por qué el aparato había aumentado tan notablemente de peso. Se dio vuelta hacia el rancho, al que se habían ido acercando a medida que avanzaba la tarde, y reflexionó acerca de las probables consecuencias de aquel suceso, decidiendo, después de un rato, emprender la retirada y dejar a Cañuela la gloria de salir del problema a su gusto. Conocía demasiado el genio del abuelo para ponerse a su alcance. Pero su fecunda imaginación ideó otro plan que le pareció tan magnífico que, desechando la huida proyectada, se paró delante de su primo, el cual muy inquieto lo había observado hasta ahí sin atreverse a abrir la boca, y le habló con animación de algo que debía ser muy insólito, porque Cañuela, con lágrimas en los ojos, se resistía a ayudarlo. Pero, como siempre, terminó por someterse y ambos se pusieron a reunir hojas y ramas secas con dedicación, amontonándolas en el suelo. Cuando creyeron que había bastante, Cañuela sacó de sus insondables bolsillos una caja de fósforos e incendió la hoguera. Apenas las llamas se elevaron un poco, Petaca tomó el fusil y lo acostó sobre la fogata, se retiraron los dos en seguida para contemplar a la distancia los progresos del fuego. Trascurrieron algunos minutos y Petaca ya iba a acercarse nuevamente para añadir más combustible, cuando un estampido extraordinario los ensordeció. La hoguera fue dispersada a los cuatro vientos y siniestros silbidos surcaron el aire. Cuando ambos se miraron, pasada la impresión del tremendo susto, Petaca estaba tan pálido como su primo, pero su naturaleza enérgica hizo que se recobrara bien pronto, encaminándose al sitio de la explosión, el cual estaba tan limpio como si lo hubiesen rastrillado. Por más que miró no encontró vestigios del fusil. Cañuela, que lo había seguido llorando a lágrima viva, se detuvo de pronto petrificado por el terror. En lo alto de la loma, a treinta pasos de distancia, se destacaba la alta silueta del abuelo avanzando a grandes pasos. Parecía poseído de una terrible ira. Gesticulaba a grandes voces, con la mano derecha en alto, agitando un palo humeante que tenía una semejanza extraordinaria con una caja de escopeta. Petaca, que había visto la aparición al mismo tiempo que su primo, echó a correr por la pendiente de la loma, golpeándose los muslos con las palmas de las manos y silbando al mismo tiempo su melodía favorita.

Mientras corría, examinaba el terreno, pensando que así como el abuelo había encontrado la caja del arma, él podía muy bien hallar, a su vez, el cañón o un pedacito siquiera con el cual se fabricaría un arma más pequeña para hacer salvas[48] y matar pidenes[49] en la laguna.

48   Saludos hechos con armas de fuego.

49   Ave de Chile parecida a la gallareta o focha española. De color aceitunado por encima y rojizo por el vientre, de pico rojo en la base, que se va tornando azulado y verdoso en el extremo.

EL REMOLQUE

—CRÉANME ustedes que me cuesta trabajo relatar estas cosas. A pesar de los años, su recuerdo todavía me es muy penoso.

Mientras el narrador se concentraba en sí mismo para escudriñar en su memoria, por algunos momentos hubo un silencio profundo en la pequeña habitación del bergantín[50]. Sin la ligera oscilación de la lámpara colgada de la ennegrecida techumbre, nos hubiéramos creído en tierra firme y muy lejos del Delfín, anclado a una milla[51] de la costa.

De pronto, el marino se quitó la pipa de la boca y su voz grave y pausada resonó:

—Yo era entonces un muchacho y servía como ayudante y aprendiz en diversas faenas a bordo del San Jorge, un pequeño remolcador del registro de buques de Lota.

La tripulación se componía del capitán, del timonel, del maquinista, del fogonero y de este servidor de ustedes, que era el más joven de todos. Nunca hubo en barco alguno una tripulación más unida que la de ese querido San Jorge. Los cinco no formábamos más que una familia, en la que el capitán era el padre y los demás los hijos. ¡Y qué hombre era nuestro capitán! ¡Cómo lo queríamos todos! Más que cariño, era idolatría la que sentíamos por él. Valiente y justo, era la bondad misma. Siempre tomaba para sí la tarea más pesada, ayudando a cada cual en la suya con un buen humor que nada podía enturbiar. ¡Cuántas veces viendo que mis múltiples faenas me tenían rendido, casi reventado, vino hacia mí diciéndome alegre y cariñosamente: "Vamos, muchacho, descansa ahora un ratito mientras yo estiro un poco los nervios".

Y cuando desde el toldo, cubierto del Sol o de la lluvia, miraba el cuerpo ancho del capitán, su rostro colorado, sus bigotes rubios, un tanto canosos, y sus ojos azules de mirada tan franca como la de un niño, sentía que una

---

50   Buque de dos palos y vela.

51   Medida de longitud usada especialmente en la navegación, equivalente a 1852 metros, aunque también hay millas terrestres con otro valor.

ternura dulce y profunda me inundaba el alma y desbordaba de mi corazón. Por salvarlo de un peligro hubiera sacrificado mi vida sin vacilación alguna.

El narrador hizo una breve pausa, se llevó la pipa a los labios y prosiguió, después de lanzar una espesa bocanada de humo:

—Un día levamos ancla al amanecer y pusimos proa al Santa María. Remolcábamos una lancha con maderas, en la cual íbamos a traer, de regreso, un cargamento de pieles de lobo marino que debía embarcar, a la mañana siguiente, el transatlántico que pasaba con rumbo al estrecho. El mar estaba tranquilo como una taza de leche. El cielo era azul y la atmósfera tan transparente que podíamos percibir, sin perder un solo detalle, todo el contorno del golfo de Arauco.

Todos a bordo del San Jorge estábamos alegres y el capitán más que ninguno, pues el patrón de la lancha que remolcábamos era nada menos que Marcos, su querido Marcos, que de pie en la popa, doblegando entre sus manos el largo timón como un junco, obligaba a la pesada mole a seguir la estela que iba dejando en las aguas azules la hélice del remolcador.

Marcos, hijo único del capitán, era también un amigo nuestro, un alegre y simpático camarada. Nunca el proverbio "de tal palo, tal astilla" había tenido en aquellos dos seres tan completa confirmación. Semejantes en lo físico y en lo moral, aquel hijo era el retrato de su padre, contando el joven con dos años más que yo, que tenía en ese entonces veintiuno cumplidos.

Aquella travesía fue deliciosa. Bordeamos la isla por el lado Sur y, a mediodía, habíamos anclado en la bahía, término de nuestro viaje. Descargada la lancha, después de una faena pesada y laboriosa, esperamos el nuevo cargamento que, debido a no sé qué imprevista dificultad no estaba listo aún para proceder a su embarque, cosa que puso de malísimo humor al capitán. En realidad, le sobraba razón para disgustarse; ya que el tiempo, tan hermoso por la mañana, cambió súbitamente al caer la tarde. Un viento del Nordeste, que refrescaba por instantes, picaba el mar azotándolo con violentísimas ráfagas y, fuera de la caleta, se arremolinaban las olas en torbellinos espumosos. El cielo, de un gris oscuro y cubierto por nubes muy bajas que acortaban considerablemente el horizonte, tenía un aspecto amenazador. Pronto, la lluvia empezó a caer. Fuertes chubascos nos obligaron a enfundarnos en nuestros impermeables mientras comentábamos la intempestiva tormenta. Aunque la calma del océano y el enrarecimiento del aire aquella mañana nos hicieron presentir un cambio de tiempo, estábamos muy lejos de esperar semejante modificación. Si no fuese por el apuro del transatlántico y las urgentes órdenes recibidas, hubiéramos esperado al abrigo de la caleta que disminuyera la violencia del temporal.

Por fin llegó el ansiado cargamento y procedimos a embarcarlo a toda prisa, sin embargo, aun cuando todos trabajamos con esfuerzo para apresurar la operación, esta terminó al anochecer, en un crepúsculo muy corto. Inmediatamente dejamos la bahía con el remolque: la enorme y pesada lancha en cuya popa y bancos distinguíamos las siluetas del patrón y de los cuatro remeros, que se destacaban como masas borrosas a través de la lluvia y de los copos de espuma que arrebataba el viento huracanado de las crestas de las olas.

Todo marchó bien al principio mientras estuvimos al abrigo de los acantilados de la isla; pero cambió completamente en cuanto pasamos el canal para internarnos en el golfo. Una ráfaga de lluvia y granizo nos azotó por la proa y se llevó la lona del toldo que pasó rozándome por encima de la cabeza como las alas de un gigantesco petrel[52], el pájaro mensajero de la tempestad.

A una voz del capitán, aferrado a la rueda del timón, yo y el timonel corrimos hacia las escotillas[53] del cuarto y de la máquina, y extendimos sobre ellas las gruesas lonas alquitranadas, tapándolas herméticamente.

Apenas había vuelto a ocupar mi sitio junto al guardacables[54], cuando una luz blanquecina brilló por la proa y una masa de agua se estrelló contra mis piernas impetuosamente. Afirmado a la barra resistí el choque de aquella ola, a la cual siguieron otras dos con intervalos de pocos segundos. Por un instante, creí que todo había terminado, pero la voz del capitán que gritaba aproximándose al altavoz, "¡Adelante, a toda fuerza!", me hizo ver que aún estábamos a flote.

El casco entero del San Jorge vibró y rechinó sordamente. La hélice había duplicado sus revoluciones y los chasquidos de la cuerda del remolque nos indicaron que el andar era perceptiblemente más rápido. Durante un tiempo, que me pareció larguísimo, la situación se sostuvo sin agravarse. Aunque la marejada era siempre muy dura, no habíamos vuelto a embarcar olas como las que nos asaltaron a la salida del canal y el San Jorge, lanzado a toda máquina, se mantenía firmemente en la dirección que nos marcaban los destellos del faro desde lo alto del monte que domina la entrada del puerto.

Pero esta calma relativa, esta tregua del viento y del océano cesó cuando, según nuestros cálculos, estábamos en mitad del golfo. La furia de los elementos desencadenados adquirió esta vez tales proporciones que nadie a bordo del San Jorge dudó un instante sobre el resultado final de la travesía.

---

52   Ave voladora, común en todos los mares. Anida en las rocas de las costas desiertas.

53   Abertura que hay en varios puntos de las cubiertas de las embarcaciones para distintos servicios y que comunican con un espacio interior.

54   Protectores de cables, cuerdas o cadenas.

El capitán y el timonel, aferrados a la rueda del timón, mantenían el rumbo hacia el viento del Nordeste que amenazaba con convertirse en huracán. En la proa un relampagueo continuo nos indicaba que el enfurecido oleaje aumentaba en intensidad, fatigando al barco que se enderezaba a cada desvío con gran trabajo. Parecía que navegábamos entre dos aguas y el peligro de naufragar era cada vez más inminente.

De pronto, la voz del capitán llegó a mis oídos por encima del ruido de la tempestad:

—¡Antonio, vigila la cuerda del remolque!

Sí, capitán, le contesté, pero una ráfaga furiosa me cortó la palabra obligándome a dar vuelta la cabeza. La linterna colgada detrás de la chimenea arrojaba un débil resplandor sobre la cubierta del San Jorge, iluminando vagamente las siluetas del capitán y del timonel. Todo lo demás, a proa y popa, estaba sumergido en las más profundas tinieblas y de la lancha, separada del remolcador por veinte brazas[55] –que era la longitud de la cuerda– solo se percibía esa pálida fosforescencia que se desprende de las olas al chocar contra un obstáculo en la oscuridad. Pero los chasquidos del cable tirante indicaban claramente que el remolque seguía nuestras aguas y, aunque no podíamos verlo, sentíamos que estaba ahí, muy próximo a nosotros, envuelto en las sombras cada vez más densas de la medianoche.

De pronto, entre el estrepitoso estruendo de la tormenta, me pareció oír un ruido sordo y persistente por el lado de estribor. El capitán y el timonel también debieron percibirlo, porque a la luz de la linterna vi que se volteaban a la derecha y se quedaban inmóviles escuchando, al parecer, el extraño ruido con grandísima atención. Transcurrieron así algunos minutos y aquellos sordos estallidos semejantes a truenos lejanos fueron creciendo y aumentando hasta tal punto que la duda ya no fue posible: el San Jorge derivaba hacia los arrecifes de la Punta de Lavapié.

El estrépito de las olas rodando sobre el temible y peligroso roquerío ahogó muy pronto todas las demás voces de la tempestad, con su resonante y pavoroso acento.

No sé qué pensarían mis compañeros pero yo, asaltado por una idea repentina, dije en voz baja, temerosamente:

—El remolque es nuestra perdición.

En ese preciso instante, un relámpago clarísimo rasgó las tinieblas y se alzó, al mismo tiempo, en el remolcador y en la lancha un grito de angustia: ¡El arrecife, el arrecife!

---

55   Medida de longitud, generalmente usada en la Marina y equivalente a 1,7 metros aproximadamente.

Cada cual, al producirse la descarga eléctrica, había visto destacarse una superficie blanquecina salpicada de puntos oscuros a tres o cuatro cables del costado de estribor del San Jorge. Los comentarios eran inútiles. Todos comprendíamos perfectamente lo que había pasado. La gran superficie que la lancha semidescargada oponía al viento no solo disminuía la marcha del remolcador sino que también llegaba a anularla por completo. Desde que salimos del canal no habíamos avanzado gran cosa, siendo arrastrados por la corriente hacia el roquerío que creíamos a algunas millas de distancia. En vano, la hélice multiplicaba sus revoluciones para impulsarnos adelante. La fuerza del viento era más poderosa que la máquina y avanzábamos lentamente hacia el arrecife, cuya proximidad ponía en nuestros corazones un temeroso espanto. Solo una cosa nos quedaba hacer para salvarnos: cortar el cable del remolque sin perder un minuto y abandonar la lancha a su suerte. Virar en redondo para acercarnos a Marcos y sus compañeros era naufragar infaliblemente apenas las olas nos llegaran por el costado. Para nuestro capitán el dilema era terrible: o moríamos todos o salvaba su buque enviando a su hijo a una desastrosa muerte.

Este pensamiento me produjo tal conmoción que olvidando mis propias angustias solo pensé en la horrible lucha que debía librarse en el corazón de aquel padre tan cariñoso y lleno de amor. Desde mi puesto, junto al guardacables percibía su ancha silueta destacarse de un modo confuso ante los débiles resplandores de la linterna. Aferrado a la barandilla, trataba de adivinar por sus actitudes si, además de esas dos alternativas, él veía una tercera que fuese nuestra salvación. ¡Quién sabe si una audaz maniobra, un auxilio inesperado o la caída brusca del viento del Nordeste pudieran poner feliz término a nuestras angustias! Pero toda maniobra que no fuese mantener la proa al viento era una insensatez, y de ahí, de las tinieblas, ninguna ayuda podía venir. En cuanto a que aminorase la violencia del temporal, nada, ni el más leve signo lo hacía presagiar. Por el contrario, la furia de la tormenta recrudecía cada vez más. El estampido del trueno mezclaba su sonido atronador con el bramido de las rompientes; y el relámpago, desgarrando las nubes, amenazaba con incendiar el cielo. A la luz enceguecedora de las descargas eléctricas, vi cómo el arrecife parecía venir a nuestro encuentro. Algunos instantes más y el San Jorge y la lancha se irían dando saltos por encima de aquel torbellino.

Entonces, dominando el ensordecedor estrépito, se oyó la voz atronadora del capitán que decía junto al altavoz:

—¡Carga las válvulas!

Un momento después, una vibración sorda me anunció que la orden se había cumplido. La hélice debía girar vertiginosamente porque el casco del remolcador gemía como si fuera a desintegrarse. Yo veía al capitán moverse en su sitio y adivinaba su infinita desesperación al ver que todos sus esfuerzos no harían sino retardar por algunos minutos la catástrofe.

De improviso, se alzó la escotilla de la máquina y por el hueco se asomó la cabeza del maquinista. Una ráfaga le arrebató la gorra y arremolinó la cabellera nevada sobre su frente. Afirmado al pasamanos, permaneció un instante inmóvil mientras un deslumbrador relámpago rasgaba las tinieblas. Una ojeada le bastó para darse cuenta de la situación y esforzando la voz por encima de aquel infernal bullicio, gritó:

—¡Capitán, nos vamos sobre el arrecife!

El capitán no contestó y, si lo hizo, su réplica no llegó a mis oídos. Transcurrió así un minuto de expectación que me pareció inacabable, minuto que el maquinista empleó sin duda en buscar un medio de evitar la inminencia del desastre. Pero el resultado de este examen debió serle tan pavoroso que, a la luz de la linterna suspendida encima de su cabeza, vi que su rostro se desfiguraba y adquiría una expresión de indecible espanto al clavar sus ojos en el viejo camarada –a quien el conflicto entre su amor de padre y el deber imperioso de salvar la nave confiada a su honradez– mantenía desconcertado, loco de dolor junto a la rueda del timón.

Pasaron unos segundos: el maquinista avanzó algunos pasos agarrado a la barandilla y se puso a hablar, esforzando la voz, de una manera enérgica. Pero era tal el estruendo del temporal que hasta mí solo llegaron palabras sueltas y frases vagas e incoherentes... resignación... voluntad de Dios... honor... deber...

Solo percibí por completo el fin del discurso: "Mi vida nada importa, pero no puede usted, capitán, hacer morir a estos muchachos". El anciano se refería a mí, al timonel y al fogonero, cuya cabeza se asomaba de vez en cuando por la abertura de la escotilla.

No pude saber si el capitán respondió o no al llamado de su viejo amigo, porque al rugido de las olas que barrían el roquerío se mezcló en ese instante el retumbar violento de un trueno. Creí llegada mi última hora; de un momento a otro íbamos a tocar fondo. Empezaba a balbucear una plegaria cuando una voz, que reconocí era la de Marcos, se alzó en las tinieblas por la parte de popa. Aunque muy debilitadas oí claramente estas palabras:

—¡Padre, corta el cable, pronto, pronto!

Un frío estremecimiento me sacudió de pies a cabeza. Estábamos al final de la batalla e íbamos a ser tumbados y tragados por el hirviente abismo dentro de un instante. La figura de Marcos se me apareció como la de un héroe. Perdida toda esperanza, la entereza que demostraba en aquel trance hizo acudir las lágrimas a mis ojos. ¡Valeroso amigo, ya no nos veríamos más!

El San Jorge asaltado por olas furiosas empezó a bailar una danza infernal. Como un perro faldero entre los dientes de un rottweiler, era sacudido de proa a popa y de babor a estribor con una violencia extraordinaria. Cuando la hélice giraba en el vacío, el barco rechinaba de tal modo que parecía que iba a desintegrarse en mil pedazos.

Cegado por la lluvia que caía torrencialmente, me mantenía aferrado al guardacables, cuando la voz retumbante del maquinista me hirió como el rayo:

—¡Antonio, toma el hacha!

Me di vuelta hacia la rueda del timón y una masa confusa que se agitaba allí me sacó de mi asombro. Más que ver, adiviné en aquel grupo al capitán y al anciano forcejeando con gran esfuerzo sobre la cubierta. De pronto, vislumbré al maquinista que, libre de su adversario, se abalanzaba hacia la popa exclamando:

—¡Antonio, un hachazo a ese cable, rápido, rápido!

Me agaché de un modo casi inconsciente y, alzando la tapa del cajón de herramientas, aferré el hacha por el mango, pero cuando me preparaba con el brazo en alto a descargar el golpe, la luz de un relámpago, mostrándome en esa actitud acusadora, reveló mi propósito a los tripulantes del remolque. Escuché un furioso griterío: "¡Cortan el cable, cortan el cable! ¡Asesinos! ¡Malditos! ¡No, no!"...

Entretanto yo, estimulado por aquellos gritos y ansioso por concluir de una vez, descargaba furibundos tajos sobre el cable, hasta que de pronto algo semejante a un tentáculo se enroscó en mis piernas con un sordo chasquido y me arrojó boca abajo sobre la cubierta. Me enderecé en el momento en que el maquinista desaparecía por la escotilla después de gritar al timonel:

—¡Proa al faro, muchacho!

Busqué con la vista al capitán y distinguí su silueta junto al guardacables. Le bastó un segundo para dar con el trozo cortado de la cuerda y lanzando un grito desgarrador, "¡Marcos, Marcos!", se apoyó sobre la baranda, balanceándose en el vacío. Apenas tuve tiempo de agarrarle una pierna y arrebatándolo al abismo rodamos juntos sobre la cubierta entablando una lucha desesperada entre las tinieblas. Forcejeábamos en silencio: él para soltarse, yo para mantenerlo quieto. En otras circunstancias, el capitán me hubiera lanzado como una pluma, pero estaba herido y la pérdida de sangre debilitaba sus fuerzas. En su combate con el maquinista, su cabeza debió chocar contra algún hierro, porque creí sentir varias veces que un líquido tibio goteaba de su cabellera al juntarse nuestros rostros. De pronto, dejó de luchar y con las espaldas apoyadas en la baranda quedamos inmóviles un instante. De repente, empezó a gemir:

—Antonio, hijo mío, déjame que vaya a reunirme con mi Marcos.

Y como yo estallaba en sollozos que se exaltaban por grados, prosiguió:

—Malvado, sentí los hachazos, pero no fue el cable..., ¿oyes?..., lo que cortó el filo de tu hacha. No, no... ¡Fue el cuello de él, fue su cuello lo que cortaste, verdugo! ¡Ah! ¡Tienes las manos teñidas de sangre!... ¡Quítate, no me manches, asesino!

Sentí un furioso rechinar de dientes y se me echó encima lanzando feroces alaridos:

—¡Ahora te toca a ti... ¡Al arrecife, al arrecife!

La locura había devuelto al capitán sus fuerzas; haciéndome perder equilibrio me alzó en el aire como una espiga. Durante un segundo tuve la visión de la muerte, fatal e inevitable, cuando una ola –abordando por la proa al San Jorge– se precipitó hacia la popa como una avalancha, derribándonos y arrastrándonos a lo largo de la cubierta. Mis manos, al caer, tropezaron con algo duro y cilíndrico y me aferré a ello con la energía de la desesperación. Cuando aquel torbellino pasó, me encontré agarrado con ambas manos al trozo de cable del remolque. En cuanto al capitán, había desaparecido.

En ese instante, se abrió la puerta de la cabina y asomó por ella el piloto del Delfín.

—Capitán —dijo—, la marea ya está calma, nos acercamos a la orilla. ¿Levamos ancla?

El capitán hizo un signo de asentimiento y todos nos pusimos de pie. Había llegado el instante de volver a tierra y, mientras nos aproximábamos a la escala para descender al bote, nuestro amigo nos dijo:

—Lo demás de la historia carece de interés. El San Jorge se salvó y yo, al día siguiente, me embarcaba como grumete[56] a bordo del Delfín. Ya han pasado quince años... Ahora soy su capitán.

---

56   Aprendiz de marinero.

EL ALMA DE LA MÁQUINA

LA silueta del maquinista con su traje de dril57 azul se destaca desde el amanecer hasta la noche en lo alto de la plataforma de la máquina. Su turno es de doce horas consecutivas.

Los obreros que extraen de los ascensores los carros de carbón, lo miran con envidia no exenta de resentimiento. Envidia porque, mientras ellos abrasados por el sol en el verano y calados por la lluvia en el invierno forcejean sin tregua desde el borde del pique hasta la cancha de depósito, empujando las pesadas vagonetas, él bajo la techumbre de zinc no da un paso ni gasta más energía que la indispensable para manejar la rienda de la máquina.

Y cuando ya vaciado el mineral, los obreros corren y jadean con la vaga esperanza de obtener algunos segundos de respiro, a la envidia se añade el resentimiento, viendo cómo el ascensor los espera con una nueva carga de carretillas repletas, mientras el maquinista, desde lo alto de su puesto, parece decirles con su severa mirada:

—¡Más rápido, holgazanes, más rápido! Esta decepción que se repite en cada viaje les hace pensar que si la tarea los aniquila, la culpa es de aquel que –para abrumarlos de fatiga– no necesita sino alargar y encoger el brazo.

Jamás podrán comprender que esa labor, que les parece tan insignificante, es más agobiadora que la del remero atado a su banco. El maquinista, al tomar con la mano derecha el mango de acero del control de la máquina, pasa instantáneamente a formar parte del enorme y complicado organismo de hierro. Su ser, pensante, se convierte en autómata. Su cerebro se paraliza. A la vista del cuadrante pintado de blanco donde se mueve la aguja indicadora, el presente, el pasado y el futuro son reemplazados por la idea fija. Sus nervios en tensión, todo su pensamiento se concentra en las cifras que, en el cuadrante, representan las vueltas del gigantesco cilindro que enrolla dieciséis metros de cable en cada revolución.

---

57   Tela fuerte de hilo o de algodón crudos.

Como las catorce vueltas necesarias para que el ascensor recorra su trayecto vertical se efectúan en menos de veinte segundos, un segundo de distracción significa una revolución más; y una revolución más, demasiado lo sabe el maquinista, es el ascensor estrellándose arriba contra las ruedas; la bobina[58], fuera de su centro, precipitándose como un alud que nada detiene, mientras los pistones[59] y piezas, locos, rompen las barras de movimiento y hacen saltar las tapas de los cilindros. Todo esto puede ser la consecuencia de la más pequeña distracción de su parte, de un segundo de olvido.

Por eso sus pupilas, su rostro, su pensamiento se inmovilizan. Nada ve, nada oye de lo que pasa a su alrededor, sino la aguja que gira y el martillo de señales que golpea encima de su cabeza. Y esa atención no tiene tregua. Apenas asoma por el borde del pique uno de los ascensores, cuando un doble campanillazo le avisa que abajo el otro ya espera con su carga completa. Estira el brazo, el vapor empuja los pistones y silba al escaparse por las empaquetaduras, la bobina enrolla acelerada el hilo de metal y la aguja del cuadrante gira aproximándose velozmente a la flecha de parada. Antes que la cruce, atrae hacia sí la manivela y la máquina se detiene sin ruido, sin sacudidas, como un caballo manso.

Y cuando aún vibra en la placa metálica el tañido de la última señal, el martillo la hiere de nuevo con un golpe seco, estridente a la vez. A su mandato imperioso, el brazo del maquinista se alarga, los engranajes rechinan, los cables oscilan y la bobina voltea con vertiginosa rapidez. Y las horas suceden a las horas, el Sol sube al cénit[60], desciende; llega la tarde, declina, y el crepúsculo, surgiendo a ras del horizonte, alza y extiende cada vez más rápido su penumbra inmensa.

De pronto, un silbido ensordecedor llena el espacio. Los obreros sueltan las carretillas y se levantan con ánimo. La tarea del día ha terminado. De las distintas secciones anexas a la mina salen los trabajadores en confusa multitud. En su prisa por abandonar los talleres se chocan y se aprietan, pero no se levanta una voz de queja o de protesta: los rostros están radiantes.

Poco a poco, el rumor de sus pasos sonoros se aleja y se desvanece en el camino sumido en las sombras. La mina ha quedado desierta.

Solo en el departamento de la máquina se distingue una confusa silueta humana. Es el maquinista. Sentado en su alto sitial, con la mano derecha

---

58   Cilindro o rollo de hilo, cordel, cable, etc.

59   Piezas que se mueven dentro de una bomba o cilindro de una máquina.

60   Punto culminante o más alto.

apoyada en la manivela, permanece inmóvil en la semioscuridad que lo rodea. Al concluir la tarea, disminuye bruscamente la tensión de sus nervios y se desploma en el banco como una masa inerte.

Un proceso lento de reintegración al estado normal opera en su cerebro debilitado. Recobra dificultosamente sus facultades anuladas, atrofiadas por doce horas de obsesión, de idea fija. El autómata vuelve a ser otra vez una criatura de carne y hueso que ve, que oye, que piensa, que sufre.

El enorme mecanismo yace paralizado. Sus extremidades fuertes, acaloradas por el movimiento, se enfrían produciendo leves chasquidos. Es el alma de la máquina que se escapa por los poros del metal para encender en las tinieblas, que cubren el alto sitial de hierro, las fulguraciones trágicas de una aurora toda roja desde el alba hasta el cénit.

QUILAPÁN

QUILAPÁN, tendido con indolencia delante de su rancho, sobre la delicada hierba de su terreno heredado, contempla con mirada soñadora el lejano monte, el cielo azul, la plateada serpiente del río que, ocultándose a trechos en el ramaje oscuro de las quebradas, reaparece más allá, bajo el pórtico sombrío, como una novia sale del templo, envuelta en el blanco velo de la niebla matutina.

Con los codos en el suelo y el rostro cobrizo y ancho en las palmas de las manos, piensa, sueña. En su nebulosa alma de salvaje flotan vagos recuerdos de tradiciones, de leyendas lejanas que evocan en su espíritu la borrosa visión de la raza, dueña única de la tierra, cuya libre y dilatada extensión no era interrumpida entonces por fosos, cercados ni carreteras.

Una sombra de tristeza apaga el brillo de sus pupilas y oscurece la expresión melancólica de su semblante. Del abundante patrimonio de sus antepasados, solo le queda la mezquina porción de aquella loma: diez cuadras de terreno situado en la extensísima hacienda, como un islote en medio del océano.

Y luego, a la vista de la cerca derruida, de las hierbas y malezas que cubren el terreno, acuden a su memoria los incidentes y enfrentamientos de la guerra que sostiene con el patrón, el adinerado dueño del fundo, para conservar aquel último resto de la herencia de sus mayores.

¡Qué invasiones ha tenido que resistir! ¡Cuántos medios de seducción, qué intrigas y asechanzas para arrancarle una promesa de venta!

Pero todo se ha estrellado en su tenaz negativa para deshacerse de ese pedazo de tierra en que vio la luz, donde el sol a la hora de la siesta tuesta la piel curtida, y desde el cual la vista descubre tan bellos y vastos horizontes.

¡Vender, traspasar... Eso, nunca! Pues, mientras el dinero se va sin dejar rastro, la tierra es eterna, jamás nos abandona. Como madre amorosa nos sustenta sobre sí en la vida y abre sus entrañas para recibimos en ellas cuando llega la muerte.

Y aquel acoso del que era víctima no hacía sino acrecentar su cariño por la tierra, cuya posesión le era más querida que sus mujeres, que sus hijos, que su existencia misma.

A sus espaldas, se alza la desamparada choza en cuyo interior dos mujeres envueltas en viejas mantas atizan la llama vacilante del brasero. El llanto de una criatura domina las sordas crepitaciones de la hierba seca y, afuera, en una esquina del rancho, un niño de diez años vestido al estilo indígena, se entretiene en tirar de la cola y las orejas a un escuálido perro mastín[61] que, con las patas estiradas, tendido de costado dormita al sol.

La mañana avanza. Mientras las mujeres trabajan con esmero en las labores domésticas y el chico corretea con el flaco Pillán, el padre sigue echado sobre la hierba, ensimismado en una muda contemplación. Sus ojos se fijan de vez en cuando en la lejana casa del fundo, cuya roja techumbre asoma allá abajo por entre el ramaje de los sauces y las amarillentas copas de los álamos. Un poco a la derecha, en el patio cerrado con gruesas piedras, se ve un numeroso grupo de jinetes. Los plateados estribos y los complicados diseños grabados en los frenos de las espuelas brillan como chispas en la intensa claridad del día.

En medio del grupo, montado en un caballo tordillo[62], está el patrón. Sin saber por qué, Quilapán experimenta cierta vaga inquietud a la vista de esos jinetes, inquietud que se acentúa viendo que se ponen en movimiento y, apartándose de la carretera, avanzan derecho hacia él. Y su desconfianza aumenta cuando su vista de águila distingue en la parte trasera de las monturas las hachas de monte, cuyos filos anchos y rectos lanzan relámpagos a la luz del Sol.

De pronto, la expresión de su rostro cambió bruscamente. Sus pómulos se enrojecieron y sus fuertes mandíbulas se entrechocaron con un castañeteo de furia. Con la mirada llameante recogió su cuerpo elástico y de un salto se puso de pie.

Entretanto, la cabalgata, unos veinte jinetes, se acercaba rápidamente al pequeño fundo de Quilapán. Don Cosme, el patrón, galopa a la cabeza del grupo. A su lado va José, el mayordomo[63]. Ambos hablan en voz baja, confidencialmente. El amo soporta bastante bien sus cincuenta años cumplidos. Muy corpulento, de abdomen prominente, posee una gran fuerza y es un jinete con experiencia, experto en el manejo del lazo como el más hábil de sus vaqueros.

---

61   Perro grande, robusto, de patas fuertes y nervudas, pelo largo, algo lanoso. Muy valiente y leal, utilizado para cuidar ganado.

62   Que tiene el pelo mezclado de negro y blanco, como el plumaje del tordo.

63   Criado/empleado principal que tiene a su cargo la administración económica de una casa o hacienda.

Hijo de campesinos, heredó de sus padres un pequeño fundo en el centro de una reducción[64] de indígenas. Como todo propietario blanco creía sinceramente que apoderarse de la tierra de esos bárbaros, que en su indolencia no sabían siquiera cultivar ni defender, era una obra digna en pro de la civilización. Constante e incansable, habilísimo en procedimientos para el logro de sus fines, su terreno creció y se ensanchó hasta convertirse en uno de las más importantes de toda la provincia. Quilapán, inquieto y desconfiado, vio cada día aproximarse a su choza los alambrados del señor, preguntándose dónde se detendrían, cuando un desgraciado incidente que le atrajo el enojo de un elevado funcionario judicial, impidió a don Cosme dar fin a su tarea. Obligado por prudencia a dialogar con el vecino, agotó los recursos de su sutilísimo ingenio para adquirir, de un modo o de otro, el mísero fundo. Pero el terco propietario, encerrado en una negativa obstinada, ignoró todas sus proposiciones. Esta dificultad llenó de amargura el alma del terrateniente, pues consideraba que aquel pedazo de tierra situado dentro de las suyas era un lunar, algo así como una ofensa para la magnífica propiedad. Todas las mañanas, al saltar de la cama, lo primero que hería su vista tras los cristales de la ventana era la odiosa techumbre del rancho, destacándose negra y desafiante en medio de la rubia y dilatada siembra, extendida como un dorado tapiz más allá de los fértiles campos. Entonces, contraía los puños y palidecía de rabia emitiendo terribles amenazas en contra del indio.

Pero, un día, don Cosme recibió una noticia que lo llenó de alegría. Aquel funcionario judicial contrario a su persona, acababa de ser trasladado a otra parte, y en su lugar se había nombrado a un antiguo socio, con el cual había hecho negocios un tanto difíciles en otro tiempo.

Don Cosme, después de frotarse las manos de gusto, se acercó a la ventana y, mostrando el puño al odiado rancho, exclamó:

—¡Ahora sí que arreglaremos el asunto, perro salvaje!

Lo que Quilapán ignoraba esa mañana, viendo aproximarse la hostil cabalgata, es que su enemigo regresó a la hacienda la tarde anterior trayendo en su bolso una copia de la escritura de venta que lo hacía dueño del codiciado lote de terreno. Dos rayas en forma de cruz trazadas al pie del documento eran la firma del vendedor, firma que con toda simpleza estampó el indígena Colipí, previo al pago de una botella de aguardiente.

Después de derribar la cerca a caballazos, el propietario y su gente se acercaron al rancho, mientras el indígena y su familia formaban un apretado grupo en el hueco de la puerta. De pie en el umbral, con el fiero rostro pálido de ira, Quilapán los miró avanzar sin despegar los labios.

---

64   Pueblo de indígenas convertidos al cristianismo.

Los jinetes se detuvieron formados en semicírculo, dejando al centro a don Cosme, quien haciendo adelantar unos pasos al hermoso tordillo, dijo a su mayordomo:

—Lea Ud. José.

El viejo servidor, aquietando su enérgico caballo con un sonoro ¡chist!, sacó de debajo de la manta un papel cuidadosamente doblado y, desplegándolo, leyó con voz gangosa y torpe una escritura de compra-venta.

Mientras el campesino leía, don Cosme saboreaba con íntimo placer su venganza y murmuraba entre dientes, sin apartar la vista del furioso rostro que tenía adelante.

—¡Al fin me las pagarás todas, canalla!

Quilapán oyó la lectura del documento sin comprender nada, absolutamente nada. Solo una idea penetró en su torpe cerebro: Que lo amenazaba un peligro y había que evitarlo.

Por eso, cuando don Cosme gritó a los suyos, señalándoles el rancho: "Muchachos, desmóntense y échenme abajo esa basura", de los ojos del indio brotaron dos centellas. Dio un paso atrás y con un rápido movimiento se despojó del pesado poncho. Un segundo después, se paró delante de la puerta con lanza en mano. Su bronceado cuerpo desnudo hasta la cintura, sus nervudos brazos con músculos tirantes como cuerdas, su poderoso pecho y sus anchos hombros, sobre los cuales se alzaba echada hacia atrás la cabeza descubierta con la cara convulsa por la rabia, formaban un conjunto tal de firmeza y resolución que los atacantes se quedaron suspensos un instante contemplándolo inseguros, intimidados por la fiereza de su gesto.

Pero aquella indecisión duró muy poco; los que llevaban las hachas echaron pie a tierra y aproximándose al rancho empezaron en el acto su tarea demoledora.

El plan de los asaltantes era romper los muros de la choza para atacar por detrás a aquel testarudo y, apoderándose de él y de los suyos, derribar en seguida la vivienda. A los primeros hachazos la endeble construcción se estremeció entera. El barro de las paredes se desprendía en grandes trozos que rebotaban en el suelo, levantando nubes de polvo. Las mujeres, que hasta entonces habían permanecido inactivas, al ver aquella catástrofe se armaron con los tizones del brasero y lanzando aullidos de rabia se dispusieron para la defensa, resguardando a su dueño y señor. Hasta el pequeño Pancho empuñando la vara de roble que en los días de juego era su caballo de batalla, incitaba con sus gritos a Pillán, el cobarde Pillán que, con la cola entre las piernas, acurrucado en un rincón, se limitaba a ladrar sin moverse del sitio. Lo que lo hacía tan precavido era que divisaba por entre las patas de los caballos al formidable Plutón, el enorme perro de caza de don Cosme.

Entretanto Quilapán, armado de la lanza –un largo colihue[65] con un hierro oxidado en la punta– parecía haber echado raíces en el suelo. La fiereza de su actitud y la llamarada que brotaba de sus ojos, le daban el aspecto iracundo de Caupolicán, su antepasado legendario.

Pero, cuando don Cosme repetía por tercera o cuarta vez a sus inquilinos acobardados: "¡Vamos, hombres, acérquense, no tengan miedo de ese espantapájaros!", el indio, flectando de improviso sus piernas de hierro, dio un salto hacia adelante y con la cabeza baja, lanza empuñada, se precipitó sobre su enemigo. Fue tan rápida la agresión que ni el amo ni los servidores tuvieron tiempo de evitarla; pero el vigoroso caballo que montaba el propietario, viendo venir aquel alud se encabritó levantando bruscamente sus patas delanteras. Aquel movimiento salvó a don Cosme. El golpe que le estaba destinado hirió al animal en la base del cuello, donde el hierro se hundió en toda su longitud, y el asta se rompió con un ruido seco.

La bestia retrocedió algunos pasos, dobló las patas traseras y se tumbó de costado. Los campesinos se precipitaron en auxilio del patrón y lo libraron del peso que oprimía su pierna derecha. Atontado por la fuerte caída, permaneció algunos minutos junto al caballo moribundo, recostado contra la montura casi sin darse cuenta de lo que pasaba a su alrededor.

Mientras el animal en los jadeos de la agonía, azota la cabeza en la hierba ensangrentada, Quilapán después de una terrible lucha, agobiado por la escena, ha sido derribado y atado con firmeza.

Las mujeres que se habían lanzado a la pelea, repartiendo mordiscos y arañazos entre los agresores, abandonaron el campo al oír que alguien gritaba:

—Fuera las mantas. ¡Desnúdenlas, desnúdenlas!

Aquella amenaza que la mujer indígena teme más que a la muerte, las mantenía alejadas a cierta distancia, pero no dejaban de gritar toda clase de conjuros y maldiciones como si estuvieran poseídas.

Pasada la primera impresión, los que manejaban las hachas habían reanudado vigorosamente la tarea. Al cortar el tablado que lo sostenía, el rancho se había hundido y el fuego del brasero, comunicándose con la techumbre de paja, en breves instantes convirtió en una hoguera la inflamable construcción.

Tras el derrumbe de la choza vino una escena que divirtió muchísimo a los campesinos. Pillán, que había permanecido oculto en su rincón, al oír el estruendo de la caída salió disparado de su escondite y se lanzó al campo seguido de cerca por Plutón que iba velozmente a su alcance. Pero, acorralado

---

65   Planta de cañas rectas, de corteza lisa muy resistente. Con ellas se hacían lanzas.

por los jinetes, el fugitivo tuvo que volver sobre sus pasos. Durante algunos momentos pudo escapar de su perseguidor, hasta que de un salto se refugió encima de un grueso tronco. Plutón, al verse burlado, empezó a brincar en torno, ante lo cual el pequeño, que sostenía en alto la vara, corrió lleno de rabia a defender al compañero de sus juegos infantiles. El perro de caza, sorprendido por aquella brusca acometida, se volvió contra el niño y lo derribó en tierra rompiéndole un brazo de una dentellada. Algunos jinetes se precipitaron en su ayuda, pero antes de que llegara aquel auxilio, Pillán, el escuálido Pillán, abandonando su refugio donde hacía un instante estaba despavorido y tembloroso, cayó sobre Plutón y lo aferró de una oreja.

Mientras la madre se llevaba a su hijo, tratando de acallar con sus besos sus desesperados gritos de dolor, la pelea de los canes absorbió por completo la atención de los labradores. El corpulento dogo[66] agitaba con furia la enorme cabeza para agarrar a su adversario, lo que le era imposible conseguir a pesar de sus rabiosos esfuerzos. Pillán que comprendía lo ventajoso de su situación, apretaba las mandíbulas como tenazas. De pronto, la oreja como una tela que se rasga, se desprendió en parte, dejando en los colmillos del mastín un pedazo sangriento. La lucha concluyó en un segundo. Plutón, rápido como el rayo, tomó por la garganta a su enemigo y lo sacudió en el aire como un harapo. Desde ese instante, la escena perdió todo interés y los campesinos se diseminaron para dar remate a la tarea que los había llevado hasta allí. Mientras unos activaban el fuego para que las llamas consumieran los últimos restos del rancho, otros derribaban las cercas y borraban todo vestigio de límite divisorio. Don Cosme, a quien el dolor de la extremidad herida impedía moverse, permanecía sentado sobre la hierba. Se había quitado la brillante polaina[67] y se frotaba suavemente con ambas manos la parte dolorida, lanzando de vez en cuando sordos rugidos de dolor. Delante de él yacía el blanco cuerpo del caballo con el cuello estirado y las patas rígidas. A su derecha se destacaba Quilapán y más allá, próximo al tronco, se veía un grupo inmóvil: junto al cadáver de Pillán, la silueta del dogo sentado sobre sus patas traseras, observando atentamente a su víctima, listo para ahogar desde un comienzo todo intento de resurrección.

Cuando la demolición de la cerca estuvo terminada, los inquilinos se aproximaron al caballo y empezaron a despojarlo de sus atuendos. El amo contemplaba la operación con lágrimas en los ojos. Un río de sangre se había escapado de la honda herida y el hermoso animal, inmóvil sobre uno de sus

---

66 Perro utilizado en la caza y en la defensa de propiedades. Animal pesado, grueso de cuerpo, de patas robustas.

67 Especie de calza de paño o cuero que cubre la pierna hasta la rodilla.

costados, provocaba exclamaciones de lástima en los labradores, acompañadas con una serie de frases que eran una alabanza a las cualidades del difunto:

—¡Qué buen caballo era el tordillo!

—¡Qué dócil!

—¡Qué buena rienda!

—¡Y pensar que, si no fuera por él, tendríamos tal vez que llevar luto por el patrón!

A estas últimas palabras, don Cosme se puso de pie y ordenó a su mayordomo:

—José, tráeme tu caballo.

Todos los ojos estaban húmedos cuando el patrón, ayudado de su servidor, subió en su nueva cabalgadura. Una vez que se afirmó en los estribos, desabrochó el lazo trenzado que colgaba de la montura y, tirando parte del rollo a los pies de un joven pastor, le dijo indicándole con un gesto a Quilapán:

—Antonio, ponle el lazo.

El muchacho tomó la extremidad de la cuerda y se acercó al preso y, cuando se inclinaba para cumplir la orden, le asaltó una duda.

Se detuvo y preguntó resueltamente:

—¿Del cuello, patrón?

—No, de los pies.

Pero apenas había pronunciado estas palabras, don Cosme recogió la soga. Se le acababa de ocurrir una nueva idea. Preparó rápidamente un estrecho nudo y cuando estuvo listo ordenó con energía:

—¡Desátenlo!

Aquel mandato que dos de los campesinos cumplieron en un instante, se acogió con cierta extrañeza y Quilapán, libre de las ligaduras se enderezó como un resorte. Con los brazos cruzados sobre el pecho paseó en torno su mirada desafiante, fiera, cargada de odio, de desprecio, de rencor. Buscó el sitio donde había existido el rancho y, a la vista de la delgada columna de humo que subía del montón de ceniza, último vestigio de la habitación, su furia salvaje estalló de nuevo y, como un relámpago, se abalanzó sobre una de las hachas que había ahí cerca; pero don Cosme, que esperaba aquel instante, le lanzó horizontalmente la certera lazada que le atrapó ambos pies a la altura de los tobillos.

Detenido por el violento tirón que lo echó boca abajo sobre la hierba, Quilapán se sintió arrastrado súbitamente por el áspero suelo con progresiva velocidad.

El terreno con ligeras ondulaciones, cubierto de malezas en las cuales el cuerpo del indio abría un ancho surco, se extendía libremente hasta la carretera.

Adelante galopaba don Cosme, guiando con la mano derecha la cuerda tirante y, más atrás, en dos filas, cerraba la marcha la escolta de campesinos. El Sol, muy alto en el horizonte, lanzaba sobre los campos la blanca irradiación de su antorcha deslumbradora. A espaldas de los jinetes, un griterío lejano indicaba la presencia de las mujeres que, con sus hijos a cuestas, corrían en busca de la comitiva.

Quilapán, echado sobre el vientre, había sentido desde un principio la extraña sensación de que la tierra, su amada tierra, huía de él, resbalando en una vertiginosa carrera bajo su cuerpo, arañándolo al pasar y desgarrando con crueles zarpazos sus carnes de condenado. Entonces, enloquecido, había hincado sus uñas en el suelo, tratando de retener a la fugitiva. Sus manos contraídas arrancaban puñados de hierba y sus dedos dejaban largos surcos en la tierra húmeda. Sin embargo, todo era inútil; mientras los campos huían cada vez más deprisa, su rostro y su torso azotados por los tallos flexibles de los hierbales se iban convirtiendo en una llaga sangrienta. De pronto, sus ojos dejaron de ver, sus manos de agarrar los obstáculos y se abandonó, como un tronco insensible, a aquella fuerza que lo arrancaba tan brutalmente de su hogar y ante la cual no se podía resistir.

De vez en cuando interrumpía el silencio un alboroto de gritos:

—¡Suelta, Plutón, déjalo!

Era el perro que, excitado por la carrera, se abalanzaba sobre aquella masa sanguinolenta y clavaba en ella sus colmillos con rápidas dentelladas.

Don Cosme detuvo bruscamente su cabalgadura y se dio vuelta. Estaban en el polvoroso camino inundado de sol. Uno de los jinetes echó pie a tierra y desabrochó la soga quedándose un instante con la vista fija en el cuerpo inmóvil de Quilapán.

El patrón, que enrollaba tranquilamente el lazo, viendo aquella actitud del labrador, preguntó con tono irónico:

—¿Qué pasa, Pedro, está muerto?

El interpelado se enderezó y repuso con tono burlón:

—¡Qué muerto, señor! Estos demonios tienen siete vidas como los gatos.

La voz del mayordomo resonó:

—Registra si tiene alguna herida.

—No tiene nada. Apenas unas cuantas rasmilladuras. Pero, al igual que los novillos bravos que se obstinan al sentir el lazo, ahora se está haciendo el muerto. Ya verá usted que, en cuanto le dejemos solo, se levanta y sale disparado como un venado.

Luego, para probar sus argumentos, cambiando de tono agregó resueltamente:

—¿Quiere usted que lo haga pararse a latigazos?

Don Cosme, que había terminado de enrollar el lazo, quiso dar una lección de clemencia a sus servidores. Dada la magnitud del crimen, el castigo le parecía insignificante; pero se propuso demostrarles que llegado el caso, él, a pesar de su severa rectitud, también sabía ser noble y generoso.

Contempló por un momento el inanimado cuerpo del indio y con tono conciliador dijo al joven que esperaba con el látigo en la mano:

—Déjalo por ahora. Aturdido, como está, no sentiría los azotes.

Y torciendo las riendas avanzó al galope por la ancha y rojiza cinta de la carretera.

Durante algunos días, Quilapán, vagó como un fantasma por los alrededores. Don Cosme había dado orden a sus inquilinos de arrojarlo a latigazos si tenía la osadía de penetrar en la hacienda, pero aquella ocasión no se había presentado, pues el indígena se mantenía siempre fuera de los límites prohibidos. Se lo veía a toda hora tendido en la hierba o acurrucado bajo el árbol con el rostro vuelto en dirección de la loma, de aquella tierra que era suya y en la que no podía poner un pie.

Una mañana, al clarear el alba, apenas don Cosme había abandonado la cama, le anunciaron la presencia de su mayordomo, a quien hizo pasar inmediatamente a su oficina. En el rostro del viejo servidor había una expresión de alegría mal disimulada. Se acercó al patrón y murmuró algunas palabras en voz baja.

A la primera frase, don Cosme se levantó bruscamente y con los ojos chispeantes interrogó:

—¿Estás seguro?

—Sí, señor, segurísimo, no le quepa duda.

Algunos momentos después, el amo y el servidor galopaban a rienda suelta por los potreros cambiando entre sí frases rápidas.

—¿De modo que está muerto?

—Y bien muerto, señor. Cuando lo divisé creí que estaba dormido... Le di unos cuantos latigazos y, como no se movía, me bajé...

Lo primero que se presentó a la vista de don Cosme al subir la loma fue el montón de tierra que cubría la fosa del caballo, lo que hizo revivir en él su odio hacia el asesino. Después de echar una ojeada a aquel tumulto, en cuya superficie ya asomaban los vigorosos tallos de la hierba y donde innumerables gusanos trazaban surcos blanquecinos y viscosos, avanzó al paso de la cabalgadura hacia el sitio donde había existido el rancho. Sobre los escombros calcinados, encima de la ceniza, estaba boca abajo el cadáver de Quilapán. Con los brazos abiertos parecía aferrarse a aquel suelo en una desesperada toma de posesión.

Ante una señal del mayordomo, echó pie a tierra y, tomando por una mano al muerto, lo tumbó boca arriba, mientras decía convencido:

—Es seguro, señor, que se ha dejado morir de hambre. ¡Son tan soberbios estos perros infieles!

Don Cosme apartó con disgusto la vista del cadáver y paseó una mirada distraída sobre el luminoso panorama de los campos, que despertaban rasgando la brumosa envoltura del amanecer con bostezos soñolientos. Por entre las desgarraduras y harapos de la niebla surgían los valles, las praderas, el curvo perfil de las lomas y las líneas negras y sinuosas de las quebradas.

Erguido sobre la montura, examinó en torno largamente el horizonte sin que una sola vez viera alzarse en la soledad de los campos el cono abominable de las rucas aborígenes. Su poderoso pecho aspiró con fuerza el aire embalsamado que subía de las plantaciones. Había extirpado de la tierra la raza maldita y su rostro se encendió de satisfacción.

De pronto, resonó en el silencio la voz débil del mayordomo:

—Señor, ¿qué hacemos con esto?

Y don Cosme, con un tono apacible e impregnado de una serena dulzura que el viejo servidor no le había oído nunca, contestó:

—Cava un hoyo y tira esa carroña adentro... ¡Servirá para abonar la tierra!

El vagabundo

En medio del ávido silencio del auditorio se alzó evocadora, grave y lenta la voz monótona del vagabundo:

—... Me acuerdo como si fuera hoy; era un día así como este; el Sol echaba chispas allá arriba y parecía que iba a lanzar fuego a los secos pastizales y a las malezas. Yo, y otros de mi edad, nos habíamos quitado las chaquetas y jugábamos a la rayuela[68] debajo de los ramajes. Mi madre, que andaba atareadísima aquella mañana, me había gritado ya tres veces desde la puerta de la cocina:

—¡Pascual, tráeme unas astillas secas para encender el horno!

Yo, enviciado en el juego, le contestaba siguiendo con la vista el vuelo de los tejos de cobre: "Ya voy, madre, ya voy". Pero, como si el diablo me tuviera agarrado, yo no iba, no iba... De repente, cuando con la redondela en la mano ponía mis cinco sentidos para colocar un doble en la raya, sentí en la espalda un golpe y una quemazón como si me hubiesen aproximado a un hierro ardiendo. Di un bufido y, ciego de rabia, como la bestia que tira una patada, solté un golpe con todas mis fuerzas... Oí un grito, una nube me pasó por la vista y vislumbré a mi madre que, sin soltar el látigo, se enderezaba en el suelo con la cara llena de sangre, al mismo tiempo que me decía con una voz que me heló hasta la médula de los huesos: "¡Maldito seas, hijo, maldito!"

Sentí que el mundo se me venía encima y caí fuertemente como si me hubiese partido un rayo... Cuando volví tenía la mano izquierda, la mano hereje, pegada debajo de la tetilla derecha.

Mientras los campesinos se estrechaban en torno al banco, ansiosos de contemplar de cerca el milagro, el viejo se había desabrochado la camisa y puesto al descubierto el pecho hundido, descarnado, con la piel arcillosa pegada a los huesos. Y ahí, justamente debajo de la tetilla derecha, se veía la mano, una mano pálida, con dedos largos y uñas enormes adheridas por la palma a esa parte del cuerpo, como si estuviese soldada o cosida a él.

---

68   Juego en el que, tirando monedas o tejos a una raya hecha en el suelo y a cierta distancia, gana quien la toca o más se acerca a ella.

Un murmullo temeroso salió del grupo y voces ahogadas exclamaron:

—¡Pobrecito!

—¡Qué castigo, mi Dios!

—¡Qué ejemplo, Jesús bendito!

El vagabundo esperó que los murmullos y las exclamaciones se extinguieran y luego continuó:

—Una noche se me apareció, en sueños, nuestro Señor y me ordenó que me fuera por el mundo para que mi castigo, confundiendo a los incrédulos, sirviera de ejemplo a los malos hijos.

Los padres y las madres clavaron en los rostros confusos de sus hijos una mirada que parecía decir: "¿Han oído? ¡Esto es para ustedes! ¿Olvidarán la lección?"

El silencio tenía algo de religioso y de solemne cuando el viejo prosiguió:

—Honra a tu padre y a tu madre dice la ley de Dios y yo les pido, mis hijos, que nunca, jamás, desobedezcan a sus mayores. Sean siempre dóciles y sumisos, y alcanzarán la felicidad en este mundo y la gloria eterna en el otro.

—¡Amén! Dijeron muchas voces temblorosas por la emoción.

El cobertizo de ramas bajo el cual se cobijaba el vagabundo era la prolongación de un rancho de paja, vivienda de uno de los pastores más ancianos del fundo. A cincuenta metros estaba la carretera, a la que se accedía por una puerta de troncos cuyas varas, corridas de un lado, descansaban por una de sus extremidades en el suelo, dejando un paso estrecho que un caballo podía esquivar con un pequeño salto. El terreno sobre el cual se alzaba la choza era plano y estaba cerrado por una ligera empalizada de ramas secas. En lo alto, el Sol brillaba intensamente derramando sus blancos resplandores sobre los campos sumidos en el letargo de la quietud y la somnolencia.

El mendigo, sentado en el banco junto al cual los campesinos iban depositando en silencio sus limosnas, murmuró con voz temblorosa y débil:

—¡Dios y la Santísima Virgen se lo paguen, hermano!

De pronto, en el camino, frente a la puerta de troncos, aparecen dos jinetes magníficamente montados. Uno tras otro esquivan el obstáculo y avanzan derecho hacia el lugar. Todas las lenguas enmudecen a la vista del patrón y de su hijo que hablan, al parecer, exaltadamente.

Los labradores se miran y se hacen guiños con aire malicioso. Están hartos de aquellas escenas y cuchichean con una sonrisa maligna:

—El viejo halló "la horma de su zapato"[69].

—La halló, la halló... Se callan de nuevo para oír las voces desmedidas de los jinetes, que habiendo frenado sus cabalgaduras, gesticulan con tono áspero de discusión.

Don Simón, el patrón, es un hombre de sesenta años, alto, corpulento, de mirada viva y penetrante. Lleva la barba afeitada y su cano y retorcido bigote, erizado por la rabia, deja ver una boca de labios delgados, seria y autoritaria. Su historia es breve y concisa. Simple pastor en su juventud, con paciencia y perseverancia alcanzó los empleos de capataz, mayordomo y, por último, administrador de una magnífica hacienda. Muy hábil, trabajador infatigable, hizo prosperar de tal modo los intereses del propietario que este lo hizo su socio, dándole una gran participación en las ganancias. A la muerte de su benefactor, adquirió con sus ahorros un pequeño fundo en los alrededores, fundo que ensanchó debido a compras sucesivas hasta hacer de él una propiedad valiosísima. Viudo hacía mucho tiempo, solo tenía aquel hijo. El joven contaba con veintidós años. De estatura mediana, bien conformado, poseía un rostro expresivo, franco y abierto. Su carácter, como el de su padre, era muy irritable y arrebatado, pero en su corazón había un gran fondo de bondad.

Los campesinos lo querían entrañablemente y con frecuencia eran los encubridores y cómplices de sus diabluras. Ávido de placeres y de libertad, era un jinete espléndido, fanático por las carreras de caballo. Se contaba el caso muy reciente de que había regresado un día a casa, en ancas[70] del caballo de un inquilino, sin poncho, sin faja y sin espuelas: todas esas prendas, incluso el caballo y la montura, las había apostado y perdido en unas famosas carreras en las Playas de la Marisma. Esta conducta del joven, su insensatez, su nula afición al trabajo y su rebeldía a los consejos paternales exasperaban y llenaban de amargura el corazón del patrón. Todo lo había intentado para enderezar aquel arbolillo que era carne de su carne y su único heredero, para quien había acumulado esa fortuna, cuya conservación le causaba –a sus años– tan durísimas fatigas. En su afán de hacer de él un campesino, un hombre de trabajo, un continuador de su obra, no quiso enviarlo a la ciudad para recibir una educación cualquiera. Además, menospreciaba profundamente esa sabiduría que catalogaba de inútil, superflua e incluso perjudicial. Con la lectura y la escritura, además de un poco de aritmética y contabilidad, había de sobra para

---

69   Algo o alguien que calza perfectamente con uno, tal como la horma o molde del zapato es exactamente del mismo tamaño que este.

70   En la parte trasera del caballo, detrás del jinete.

abrirse camino en la vida. Él no había pasado de allí y pocos podían vanagloriarse de haber alcanzado una prosperidad como la suya. Consecuente con los principios que habían sido la norma de toda su vida, todo su sistema de educación se basaba en la severidad y el rigor. Este proceder le arrebató poco a poco el afecto de su hijo, quien llegó a mirarlo, a veces, como un enemigo a cuya tiranía era lícito oponer la astucia, la hipocresía y el engaño. Cuando el niño se hizo hombre, esta oposición de caracteres se acentuó y cavó un abismo entre ellos. "Son el agua y el aceite", decían los campesinos, y así era la verdad. Nada podía juntarlos y todo los separaba. "Es un perdido, un vagabundo", decía el patrón, cuya infancia y juventud pasadas en la servidumbre y cuya vida anterior, opresora y cruel para los demás, habían endurecido de tal modo su corazón que no podía comprender la esencia de aquella naturaleza tan distinta de la suya. El rechazo del joven por el trabajo continuado, su desapego por el dinero, su debilidad con los inferiores eran para don Simón otros tantos delitos imperdonables. Y duplicaba los reproches y las amenazas sin obtener más que una sumisión efímera, que se echaba a perder pronto por el anuncio de una fiesta o de unas carreras.

Los jinetes habían puesto nuevamente sus caballos al paso y sus voces sonaban claras y nítidas en el silencio que reinaba bajo el ramaje.

—Te digo que no irás...

—Padre, solo voy a ver correr la yegua overa[71]. En seguida me vuelvo... Se lo juro a Ud.

—Tú deberías estar enterado, desde hace tiempo, que cuando ordeno alguna cosa no me echo atrás. Déjate de tonterías. En la aparta[72] de los novillos podrás correr todo lo que te dé la gana.

Los inquilinos cuchichean en voz baja:

—¿Hay carreras en la Marisma?

—Sí, la del mulato con la yegua overa. Don Isidrito está muy interesado porque don Cucho le ha ofrecido la mitad de la apuesta si jinetea la potranca y gana la carrera.

Padre e hijo se detienen delante de la vara donde hay una veintena de caballos atados, y el patrón, después de recorrer con una mirada aquellos ros-

---

71   De pelo blanco en su fondo y con manchas más o menos extensas de otro color cualquiera.

72   Prueba que consiste en que un equipo de tres jinetes debe apartar tres novillos del rebaño (identificados con un mismo número) para llevarlos al corral y deben hacerlo contra el tiempo (90 seg.).

tros cohibidos que se desvían temerosos, le dijo al dueño del rancho, que se había adelantado hacia él con el sombrero en la mano:

—Jerónimo, vas a ir con todos los que están aquí al potrero de la Aguada para rodear a los novillos y encerrarlos en el corral. Nosotros, y miró de reojo a su hijo, vamos a ir al cerco de los Pidenes y a la vuelta haremos la aparta de la novillada de dos años. ¡Cuidado con corretearme demasiado a las reses!

El labrador inclinó la cabeza y murmuró reposado y humilde:

—Está bien, señor.

Un sonoro tintineo de espuelas siguió a la orden y los campesinos empezaron a desfilar unos tras otros por ambos lados del cobertizo para ir a tomar sus cabalgaduras.

De pronto, en el hueco que dejaron, el patrón percibió al vagabundo inmóvil sobre el banco, guardando junto a sí el montoncillo de limosnas. Clavó sobre él una mirada furibunda y con voz vibrante exclamó:

—¿Qué hace aquí este viejo pillo?

Ninguna voz se alzó para responder. Don Simón paseó su fiera mirada interrogadora por aquellas cabezas que se bajaban obstinadamente y prosiguió:

—¡Yo no sé qué tipo de gente son ustedes! Siempre están llorando hambres y miserias, pero en cuanto aparece por aquí uno de estos holgazanes, que los engaña con cuentos absurdos, ya están desvalijando la casa para hacerle regalos y festejarlo como si fuese un enviado del cielo.

Desde un rincón salió una voz débil:

—Pero, señor, ¿es un pecado, acaso, la caridad con los pobres?

—Es que esto no es caridad; es despilfarro, complicidad. Así es como se fomenta el vicio y la holgazanería...

Hablaba atropelladamente con el rostro rojo de ira y, volteándose hacia el anciano inquilino, le dijo:

—A ver, Jerónimo, despégale la mano a ese farsante.

El interpelado alzó la cabeza y miró aterrorizado a don Simón. Era tan cómica la expresión de aquella fisonomía desfigurada por el espanto que el patrón estuvo a punto de soltar la risa. Este idiota –pensó– cree que si hace lo que le mando se abrirá la tierra para tragárselo.

No insistió en repetirle la orden y se dirigió a los demás:

—Ya que Jerónimo se ha invalidado de repente y hasta ha perdido el habla, vaya uno de ustedes: tú, Pedro; tú, Nicolás; tú, Lorenzo. Y fue pronunciando así varios nombres. Pero, al parecer, a todos les había ocurrido el mismo fenómeno, pues ninguno se movió ni contestó.

Aquella resistencia produjo, más que rabia, asombro y admiración en el patrón. ¡Cómo! ¿Hasta ese extremo llegaba la ciega credulidad de esas personas, que se atrevían a enfrentarse a su enojo antes que poner sus manos en el viejo mentiroso? Y más que nunca se afirmó en su resolución de sacarlos de su engaño, haciéndoles ver la falsedad de aquella historia ridícula.

Paseó una última mirada por aquellas cabezas que se agachaban en silencio, severas y esquivas, y ordenó autoritario:

—Isidro, desmonta y desenmascara a este bandido...

El joven lo miró extrañado y balbuceó con un tono de clara repugnancia:

—Padre, téngale lástima, perdónelo por esta vez.

La ira, amortiguada por un instante, resurgió en el patrón con fuerza:

—¿Tú, también tú?

El joven, desentendiéndose de este vibrante reproche, prosiguió suplicante:

—¡Déjelo usted, padre, es tan viejito! ¡No me obligue a cometer una mala acción!

—¿Qué es lo que llamas mala acción? ¡Dilo, dilo pronto!

—Violentar a este viejo, padre, avergonzarlo descubriéndole sus carnes... Además no creo que por una inocente mentira...

—¡Inocente mentira, inocente mentira...! ¿A este criminal engaño llamas inocente mentira? Lo que me parece realmente mentira es tener un hijo como tú –vociferó frenético don Simón– y, levantando el pesado látigo, avanzó resueltamente sobre el joven. Este, viendo en los ojos de su padre la evidente intención de agredirlo, se desmontó rápidamente y penetró bajo la ramada, decidido a cumplir la odiosa orden con la mayor blandura y suavidad posibles.

De pronto, aquella misma voz vieja y débil se alzó de nuevo en su rincón sombrío:

—Padre nuestro, que estás en los cielos...

Don Simón, que había recobrado en parte la serenidad, dijo con tono de burla:

—¡Ah, le van a rezar las oraciones por si se muere en la operación! Pero, ¿lo perdonarán allá arriba?

La voz interrumpió el rezo para decir:

—Ya está perdonado.

Don Simón muy divertido preguntó:

—¿Cómo lo sabe Ud., abuela?

—Porque ya está aquí el Anticristo que lo va a crucificar.

El patrón dio una sacudida en la silla y exclamó a gritos:

—¡Vieja imbécil, manada de brutos! ¿Así que soy el Anticristo? ¿El Anticristo? Y mientras repetía el abominable epíteto, se movía en la montura buscando en torno a alguien en quien descargar el peso de la ira que lo ahogaba. Pero no vio sino rostros inclinados y ojos que miraban fijamente el suelo. Se volteó nuevamente hacia el fondo del cobertizo de ramas y exclamó:

—¡Isidro! ¿Hasta cuándo esperas? ¡Acabemos de una vez!

El vagabundo, que desde la llegada del patrón no había despegado los labios guardando una inmovilidad absoluta, empezó a gemir lastimeramente cuando el joven estuvo a su lado:

—¡Don Isidrito, apiádese de este pobre viejo! Yo lo conozco a usted desde pequeño... no me maltrate. ¡Hágalo por la señorita, su mamá, esa santa que nos mira desde el cielo! Yo he rezado mucho, muchísimo por ella y por usted. ¡Ay, mi amito, mi niño Dios, por las llagas de nuestro Señor, defiéndame de su padre, favorézcame por amor de Dios!

En el corazón del joven aquellos clamores repercutieron dolorosamente. Experimentaba una profunda piedad por el viejo. Quiso intentar un último esfuerzo para aplacar la ira de su padre, pero las últimas palabras de este, reiterándole el imperioso mandato, vencieron sus reparos y alargó la mano resignado hacia el pecho del vagabundo, quien rechazó aquel gesto con su huesuda mano derecha sin dejar de gemir. Esto se repitió varias veces hasta que el joven tomó aquella mano obstinada y terca con la suya, robusta y poderosa. El viejo, con una fuerza increíble para sus años, trató de liberar su muñeca de aquellas tenazas; se encogió como una araña y se deslizó al suelo, forcejeando con tal desesperación, con tanta maña y destreza, que el muchacho tuvo que soltarlo sin haber logrado su intento. El joven, cuyos dientes estaban apretados cambió de táctica. Alargó los brazos y alzando al mendigo del suelo lo tendió de espaldas sobre el asiento. Pero aquel cuerpo decrépito, aquel brazo y aquellas piernas semejantes a secos y quebradizos tallos se agitaron con tales sacudidas que ambos luchadores rodaron por el suelo con gran estruendo al caerse el banco. Se oyeron rabiosas ofensas y un puño, alzándose airado, cayó sobre el rostro del vagabundo, que se puso rojo bajo una oleada de sangre que brotó de su boca y de su nariz y que le manchó la sucia cabellera, sus bigotes y su barba.

Instantáneamente el viejo dejó de gemir y luchar y el joven, desabrochándole la camisa, desprendió de su sitio la famosa mano sin gran trabajo.

Don Simón se desmontó precipitadamente y acudió veloz junto al mendigo, diciendo a sus servidores:

—¡Vengan, vengan todos!

Al empezar la pelea, las mujeres habían huido hacia el interior del rancho lanzando histéricos sollozos; y los campesinos, volteando la espalda hacia la ramada, se mostraban ocupadísimos arreglando los atuendos de sus cabalgaduras.

Mientras el patrón se inclina sobre el vagabundo, que extenuado por la lucha no hace el menor movimiento, el joven, de pie, cejijunto y esquivo mira hacia la carretera. En su combate con el viejo, algo se ha roto y desvanecido en lo más recóndito de su corazón. Basta mirarlo para saber que no es el mismo. Si los campesinos se hubiesen volteado hacia él, de seguro que habrían visto que una súbita y total transformación había ocurrido en el "niño", como lo llamaban entre ellos. Parecía haber envejecido de repente diez años, su mirada dura y brillante y el despectivo pliegue de la boca demostraban que el padre había recobrado a su hijo, cerrándose en sus almas el abismo que los separaba.

El viejo yacía entre ambos, de espaldas y con los ojos entreabiertos; sus brazos estaban extendidos a lo largo del cuerpo y en su pecho desnudo se veía un trozo de piel descolorida. Era el sitio en que había apoyado durante tantos años la mano, la mano hereje con que hirió el rostro de aquella que lo llevó en sus entrañas.

Don Simón examinó largamente aquella extremidad cuya piel delicada, casi blanca, y sus largas uñas lo llenaron de admiración. De repente, se enderezó y preguntó triunfalmente:

—¡Qué tal! ¿Te convenciste de que todo no era más que una mentira?

—Completamente, padre; usted tenía mucha razón.

El patrón se quedó estupefacto, feliz. No eran solo las palabras sino el tono en que fueron dichas lo que lo sorprendía y llenaba de satisfacción. Aquel acento enérgico ya no era el del muchacho taimado y caprichoso que tanto lo había hecho sufrir, sino el de un hombre razonable que al fin reconocía sus errores y enderezaba sus pasos por la senda del deber. ¡Admirable influencia de la justicia y la verdad! Un ciego había abierto los ojos; faltaban los otros. ¿Dónde se habían metido?

Don Simón avanzó hacia la esquina del cobertizo y rugió con acento amenazador:

—¡Aquí, todos!

Los campesinos, que se habían echado sobre la hierba formando pequeños grupos, se alzaron del suelo perezosamente y, viendo que el patrón los contemplaba fijamente, se pusieron a andar hacia el cobertizo con una lentitud y una calma tan desesperantes que el patrón palideció de rabia ante aquella deliberada y terca negligencia.

En ese momento, resonó el galope de muchos caballos y una magnífica cabalgata cruzó por la carretera. A través de la nube de polvo, por un instante, se vieron brillar los lujosos atuendos de jinetes y corceles.

Una voz viril y poderosa se elevó desde el camino:

—¡Isidro, te esperamos en la Marisma; esta tarde corre la yegua overa!

El joven dijo resueltamente a espaldas de don Simón:

—Padre, yo no voy a la aparta.

El patrón se volteó severo, con la mirada centellante:

—¿Qué dices?

—Que tengo que ir allá... adonde le dije...

Don Simón alargó la mano y, tomando al joven por la abertura de la manta, la sacudió rudamente aturdiéndolo con sus gritos:

—¡Qué tienes que ir! ¿Adónde? ¿A las carreras?... Dilo de una vez. Repítelo.

Y la frase desafiadora, irreparable, salió de los labios temblorosos del muchacho:

—¡Voy adonde me da la gana!

Aún vibraban estas palabras cuando la mano derecha del patrón cayó sobre la mejilla izquierda del rebelde, que cambió instantáneamente su palidez cadavérica por un escarlata vivísimo...

Los campesinos que llegaban se detuvieron en seco. El hijo había enlazado al padre por la cintura y, haciéndole hábilmente una zancadilla, lo botó a tierra, boca arriba. El joven cayó encima, pero alzándose rápido se precipitó sobre su caballo, un retinto[73] magnífico, y se lanzó a toda velocidad hacia la puerta de troncos.

El patrón de pie, con la mano derecha en alto, los ojos inyectados de sangre, el rostro convulso amoratado, lanzó con un acento de sonoridad extraña la fatal maldición:

—¡Maldito seas, hijo, maldito!

Al oírlo, el joven hizo un movimiento en la montura como para mirar hacia atrás, y el nervioso animal, desviado por aquella leve inclinación del jinete, saltó oblicuamente yendo a chocar con sus patas delanteras en la vara superior. Tembló la tierra con el golpe y una densa nube de polvo se elevó desde el camino frente a la puerta de troncos. Los labradores saltaron sobre sus

---

73   Animal de color castaño muy oscuro.

caballos y corrieron veloces en socorro del caído; pero antes de que hubiesen recorrido la mitad de la distancia, el caballo, que se había alzado tembloroso sobre sus patas lanzando un resoplido de espanto, emprendió una vertiginosa carrera por la calzada desierta. De la montura colgaba algo informe, como un pájaro cuyas alas abiertas azotaban el suelo...

Voces espantadas se deslizaron resonantes por el aire inmóvil:

—¡Santo Dios, se le enredó la espuela en el lazo!

Mientras los campesinos corren a toda velocidad tras el desbocado animal, que les lleva una gran delantera, don Simón, sentado en el suelo, da manotadas al aire queriendo tomar algo invisible que gira a su alrededor. De vez en cuando dice con tono de infantil entusiasmo, mientras entreabre con gran cuidado su mano cerrada:

—¡Ven, Isidro, mira, ya lo atrapé!

Pero en la mano no hay nada. Tendiéndose de espaldas bajo el ramaje, con los ojos entreabiertos, se queda inmóvil tratando de percibir el toque misterioso que se ha acabado de repente. Una idea le obsesiona: ¡Cómo y cuándo se apagó en su corazón el tañido de aquel cascabel que, a pesar de su pequeñez, vibra tan poderosamente en los corazones inexpertos! De pronto, todo se aclaró en su espíritu. El tañido malicioso se extinguió en su corazón el día en que empuñó en sus manos el látigo de capataz. Es verdad que su sonido ya era muy débil y apagado, pues siempre resistió con entereza sus perversas insinuaciones encaminadas a apartarlo de la soñada meta de la fortuna y del poder. Alejado de allí, vengativo y malévolo, fue a buscar un albergue en el corazón de su mujer, donde reinó como soberano absoluto. ¡Ah, cómo lo hizo sufrir a él, libre de toda sensiblería, aquella naturaleza débil, crédula y enfermiza! Al morir la esposa, el cascabel, obstinado y rencoroso, se anidó en el corazón de su hijo. Allí encontró un terreno bien preparado para extender su diabólica influencia, influencia que se hubiera mantenido en ese lugar propicio quizás si el muchacho, desoyendo por primera vez el maligno sonido, no hubiese castigado como se merecía al mendigo, descargando el puño sobre su rostro hipócrita y mentiroso. Quedó libre al instante del huésped maldito. Pero, a partir de ahí, se perdía su huella. ¿Dónde se había metido? Durante un momento, los dientes del patrón rechinaron furiosos ante su impotencia para descubrir el asilo del detestado enemigo. Hacía poco que le pareció oírlo repicar burlonamente en torno a él, pero aquello debió ser una ilusión de sus sentidos. ¡Ah, si pudiera atraparlo, si pudiera atraparlo!

De repente se estremeció y, entreabriendo lentamente sus cerrados párpados, vio la pálida imagen del vagabundo inclinado sobre su rostro. Apenas pudo reprimir un grito de victoriosa alegría: El cascabel estaba dentro del corazón del mendigo y tañía con una fuerza inusual su perturbadora melodía. Si hubiese alguna duda sobre su presencia, los ojos húmedos del viejo que lo miraban como jamás, nadie, lo había mirado nunca, estaban allí para desvanecerla. Mientras enderezaba su poderoso torso, su mano derecha se deslizó con disimulo bajo la faja que rodeaba su cintura...

Algunas mujeres que habían penetrado bajo el cobertizo huyeron lanzando espantosos alaridos. En el suelo, tendido de espaldas, yacía el vagabundo con el pecho abierto, desangrándose por una horrible herida. A su lado, de rodillas, estaba el patrón machacando sobre la piedra de moler la sangrienta entraña. Mientras empuñaba el trozo de piedra destinado a triturar el grano, cantaba apaciblemente:

—En vano chillas, cascabel del diablo... Te voy a reducir a polvo, a polvo impalpable que esparciré a los cuatro vientos...

Un galope precipitado resuena en la carretera. Un jinete en un caballo blanco de espuma precede a la cabalgata: Es Isidro, el hijo del patrón. El joven, con la hebilla de la espuela rota, se desprendió de la montura y rodó en el polvo, que amortiguó considerablemente la violencia de la caída. Al cruzar la puerta de troncos, un coro de voces femeninas se alzó bullicioso:

—¡Milagro, milagro, si es el niño, don Isidrito...! ¡Alabado sea Dios!

FIN

COLOFÓN

Equipo editorial: Rodrigo Fuentes Díaz, Paula Díaz Rodríguez, Fernando Salinas Rebolledo, Gabriela Corral Dueñas, Carolina Triviño Morales.
Este texto fue compuesto con tipografía Garamond diseñada por Claude Garamond en el siglo XVI en Francia. Cuerpo de texto tamaño 11 / interlineado 12,5 / justificado a la izquierda. Títulos **Georgia** tamaño 18 / interlineado 16. Libro impreso a 1/1 colores, negro / papel bond 80 con un pliego impreso a 4/4 / hotmel. Equipo de imprenta Taller: Roberto Cornejo, Luis Quinteros, Gonzalo Guerra, Iván Marey, Luis Marchant, Moisés Martínez, Nelson Martínez, Jilberto Medina, Jeffrey Medina, Yanet Osorio, Juan Pavez, Antonio Valenzuela, Manuel Solorza, Elizabeth Reyes, Jorge Gallardo, Mario Santander, Stanley Hilaire, Junior Limage, Esteban Antil, Anelson Renonce, Emmanuel Jean, Luis Flores, Marcelo Carreño, Camila Fernández, Thais Toro, Sergio González, Walter Vásquez y Nitza Magaña. Producción Preprensa y Diseño Angelo Escobar, Jonathan López, Carlos Moreno, Raúl Orozco y Jaime Armijo. Administración Joselin Cuitiño, Omar Rodríguez, Soledad Gorostiaga, Rodrigo Fuentes, Pedro Reyes y Claudio Sapag. Ejecutivos de Venta Gonzalo Gabarró, Alex Alarcón y Andrés Díaz.

Este libro se terminó de imprimir
en los talleres de Copygraph
en enero de 2018.